Vorwort:

Personen, Schauplätze und Handlung dieses Bandes sind frei erfunden. Jegliche Ähnlichkeit mit lebenden oder verstorbenen Personen wäre zufällig und nicht beabsichtigt.

Meine Homepage: jasonsante.beepworld.de.

AF140162

Tango nach Mitternacht:

Nachtschicht:

In der Nacht zum Sonntag war es auf dem Friedhof noch heimeliger wie anderntags. Von wegen gruselig.

Es lag wahrscheinlich daran, dass sich die meisten Leute zum Wochenende hin die Zeit nahmen, ihre Familiengräber mit roten Kerzen zu bestücken. Klar, um nicht ins Kreuzfeuer des Altweibertratsches zu geraten, wie ich dorfeigene Gerüchte nenne. Wer seine Gräber nicht pflegte – und dazu zählte auch, dass am Wochenende ein Lichtlein brannte – galt als Unmensch, der sich einen Dreck um die Verstorbenen seines Stammes scherte.

In unserer kleinen Gemeinde gab es nicht sonderlich viele Unmenschen, die sich hier nur an Allerheiligen blicken ließen – bis auf Rainer Zampel, doch das hatte nichts mit dem Friedhof zu tun. Dieser war seit jeher der Dorftyrann, schon zu Schulzeiten. Ein Unruhestifter der übelsten Sorte. Solchen sollte man lieber aus dem Weg gehen. Gut für alle, die das können. Ich war nach dem Unfall sein bevorzugtes Ziel für Häme und Spott. Geschlagen hatte er mich nie; vielleicht weil ich ein Mädchen bin, und er mich vor dem Unglück wohl für begehrens- und flachlegenswert hielt. Allerdings verprügelte er mich seelisch. Und die Feiglinge waren alle mit dabei. Unterordner aus Angst, Schläge von Rainer zu bekommen. Ich war ja nur die Verkrüppelte, die Spastikerin im Rollstuhl.

Dabei hatte mich Rainer vor gut drei Jahren noch angehimmelt; allerdings fing er sich eine Abfuhr nach der anderen ein. Einmal hatte er mich wutentbrannt beim Tanz, der eigens für uns Jugendliche jeden Samstag in der hiesigen Dorfwirtschaft stattfand, einfach unter den Armen gepackt, um mich hin- und herzurütteln. „Tanz-tanz-tanz mit mir; Maria Magdalena", rief er währenddessen. Damals konnte ich zwar noch laufen, doch er hielt mich so fest umklammert, dass eine Flucht unmöglich war. Erst als ich ihn ins Gesicht spuckte, ließ er von mir ab. Noch immer hasst er mich dafür – mehr als alle anderen.

Doch das ist mir mittlerweile schnurz. Rainer bekommt mich nicht mehr zu Gesicht. Meine Eltern hatten mir ein kleines Haus und einiges an Geld hinterlassen. Dieses Geld erlaubt mir, beinahe wie ein Vampir zu leben – allerdings, ohne Menschen auszusaugen. Abends krieche ich aus dem Bett, schreibe bis kurz vor Mitternacht an traurigen Gedichten, und verlasse alsdann das Haus. Ziemlich eintönig, für eine junge Frau; doch man gewöhnt sich daran. Manchmal gucke ich auf *YouTube* Videos, die Tango tanzende Paare zeigen. Diese haben sich natürlich in Schale geworfen. Ich sehe einfarbige- figurbetonte und sich schwingende Kleider mit raffiniertesten Raffungen und Kimonoärmeln, in denen die hübschesten Frauen stecken. Deren Tanzpartner bewegen sich anmutig wie Prinzen aus Märchenbüchern, und stecken in maßgeschneiderten Anzügen, die nicht wie hergestellt aussehen, sondern wie gezaubert. Jedes Mal vergieße ich dabei so dermaßen viele Tränen, dass ich befürchte, auszutrocknen.

Alles, was ich zum Überleben benötige, bestelle ich mir in Onlineshops. Heutzutage ein Kinderspiel. So ist es ein Leichtes, Rainer Zampel aus dem Weg zu gehen. Auf die übrigen Dorfbewohner kann ich mittlerweile auch ganz gut verzichten. Dieses übertriebene Mitleid einiger Zeitgenossen nervte mich ohnehin. Natürlich legten nicht alle so ein Verhalten an den Tag. Andere wechselten lieber die Straßenseite, weil sie nicht wussten, wie sie mir neuerdings begegnen sollten – als wäre ich etwas Besonderes; etwas Einmaliges – ein Ding ohne Gehwerk. Derweil benutzen die meisten Menschen ihre Beine ohnehin nur, um durchs Leben zu hetzen, und von einem Termin zum anderen zu jagen. Abends tun sie ihnen weh, und werden hochgelagert unter einem Kissen. Solche Menschen sind ebenso gelähmt. Ich dagegen hatte glückliche Beine, die den Tangotanz gleichfalls liebten wie mein Geist. Klar, damit ist es nun vorbei.

Nein- nein – dieses nächtliche Leben ist schon okay für mich. Außerdem mag ich kein helles Licht, seit dem Unfall. Licht, das hatte meine Eltern getötet – und mich halt zum Teil.

Inzwischen habe ich das Erdgeschoss meines Domizils barrierefrei umbauen lassen. Nach oben möchte ich eh nicht. Dort lauern zu viele Erinnerungen. Mein Kinderzimmer; das Schlafzimmer von Mutter und Vater. Selbst unser Wohnzimmer befand sich im ersten Stock, weil mein Vater die unteren Räume für zu klein hielt. Mir reichen diese vollkommen aus.

„Unten wird gekocht und gegessen, oben gemütlich gesessen", pflegte er stets zu scherzen. Wahrscheinlich habe ich das Dichten von ihm geerbt, obwohl dies sein einziger Vers war.

Es war exakt drei Minuten nach Mitternacht, als ich an jenem Tag mein Haus verließ. Vor mir lagen beinahe drei Kilometer Rollstuhlfahrt auf einer überwiegend geraden Strecke. Lediglich die letzten fünfhundert Meter ging es bergab, bis hin zum Waldrand, welcher das Ende einer Sackgasse markierte – und hier befand sich auch der einzige Zugang zum Friedhof.

Endlich erreichte ich dieses Ziel. Was war ich ungeduldig, weil eine besondere, ja qualvolle Nacht vor mir lag. Zum dritten Mal jährte sich dieses schreckliche Unglück. Eine magische Ziffer, welche der Anzahl an Personen unserer Familie entsprach. Tja, entsprach. Deshalb befanden sich in meinem Stoffbeutel heute sechs statt drei Kerzen, um diesen Tag herauszuheben – und etwas Fleischwurst.

Wie immer war das gusseiserne Tor zum Friedhof nicht abgeschlossen. Noch nie trieben hier Vandalen ihr Unwesen, und somit gab es wohl keinen Grund, abends den Zugang zu verriegeln, schätzte ich. Dann würde ich eben einen anderen Weg finden müssen, was ohne funktionierende Beine aber eine enorme Herausforderung wäre.

Oder es fühlte sich einfach keiner dafür verantwortlich? Seit vier Monaten kam ich wieder regelmäßig hierher, und das Tor quietschte seitdem beharrlich. Keinen scheints zu kümmern. In den Wintermonaten war ich allerdings seltener hier, wegen dem Schnee und so. Keine Chance für eine Rollstuhlfahrerin, sich hier

4

fortzubewegen. Außerdem hätten die Reifenspuren meine nächtlichen Aktivitäten verraten.

Auch heute ließ ich das Tor offen stehen, nachdem ich den Eingang passiert hatte. Nicht weil ich Angst hatte, die doppelte Menge des Quietsch-Geräusches könnte jemanden anlocken. Nein, die nächstgelegenen Häuser lagen mindestens einen Kilometer entfernt. Während meiner Anwesenheit hier drin bekam ich neuerdings Besuch, und diesen wollte ich auch heute Einlass gewähren. Ich musste wohl einmal den Zugang versehentlich einen Spaltbreit offengelassen haben, wie sonst hätte er hier eindringen können.

Der Friedhof:

Das Gelände war kaskadenartig angelegt – jedoch mit nur drei Plattformen – die durch eine steil ansteigende Straße verbunden waren. Der Höhenunterschied betrug jeweils geschätzte zehn Meter. Ne` ganze Menge. Zu Füßen des Berges lagen die jüngsten Gräber. Hier unten ruhten auch meine Eltern – und die Seele meiner Beine. Das hieß, eigentlich müsste ich nicht zwingend die höchstgelegene Plattform erreichen. Dort oben thronte die Kirche; wie ein mächtiges Wahrzeichen. Diese bot ein wildes Durcheinander an Baustilen. Romanik, Gotik, die Renaissance und der Barock waren darin verwoben. Ein Flickwerk der Zeitgeschichte mitsamt ihrer Kriege – beschädigt oder teils zerstört und wieder aufgebaut. Nicht unbedingt ein rühmliches Andenken. Trotzdem – irgendwie fühlte ich mich dort oben Mutter und Vater noch ein Stück näher, als hier unten an ihrem Grab. Denn ich erhoffte inständigst, die beiden würden dem Flehen dadurch besser lauschen können; meine unzähligen Bittgesuche um funktionstüchtige Beine deutlicher verstehen.

Klar wünschte ich mir ebenso, dass meine Eltern noch am Leben wären. Doch das klappte nicht; so etwas war noch nie geschehen. Aber dass Gelähmte wieder laufen können, jawohl! –

darüber hatte ich im vergangenen Jahr gelesen: *Nachdem polnische Chirurgen einem Querschnittgelähmten Nervenzellen aus dessen Nase entnommen hatten, und diese in sein durchtrenntes Rückenmark verpflanzt haben, konnte der Patient wieder gehen;* so ähnlich lautete ein Zeitungsartikel.

Professor Dr. Hoffnung – was für ein Name? – hätte mich damals, nach dem Unfall sogar operiert; allerdings mit einer *fifty-fifty* Prognose. Wenns klappt, könnte ich eventuell wieder laufen; doch sollte etwas schiefgehen, wäre die Gefahr einer Lähmung des kompletten Körpers relativ hoch, erklärte er mir. Sollte das Letztere eintreten, könnte ich mich nicht einmal mehr umbringen. Und als Pflegefall herumvegetieren wollte ich keinesfalls.

Solch ein Unglück würde zudem bedeuten, nie wieder hierherzukommen, so wie in dieser Nacht.

Kaum hatte ich das Friedhofstor hinter mir gelassen, verwandelte sich die reine- frische Luft in ein schneidbares- vermoostes Duftwerk – als exestiere hier eine magische Schleuse. Aus einer klaren Suppe wurde eine gebundene. Oftmals drangen auch unheimliche Geräusche aus dem Wald zu mir vor. An knacksendes Geäst und undefinierbare Fauchgeräusche konnte man sich nachts nur schwerlich gewöhnen. Selbst das Fiepen der Eulen klang schauderhaft.

Weiter oben schien alles wieder normal; beinahe behaglich.

Auch heute war das Gotteshaus mein Endziel, obgleich der Weg dorthin für mich äußerst beschwerlich war. Allerdings machte der dortige Ausblick hinunter auf die Gräber jeden Schweißtropfen mehr als wett. Ein sanftes Lichtermeer erwartete mich, als würde zu meinen Füßen eine Kompanie an Trollen mit winzigen Fackeln lagern.

Anfänglich war es noch anstrengender, doch inzwischen hatte ich ganz respektable Muskeln in den Armen entwickelt. Vorbei die Zeiten, in denen ich die asphaltierte Steigung im schrägen zick-zack Modus befahren musste. Dennoch, in der zweiten Kaskade legte ich stets eine kleine Verschnaufpause ein, verweilte aber nur am äußersten Rande. Noch nie war ich diese Gräber-Einbahnstraße entlang gerollt, kannte den Weg aber aus Kindheitstagen, weil hier ein entfernter Verwandter meiner Mutter begraben lag.

Warum sollte ich auch dort herumgurken? Baulich war es identisch mit einem Stockwerk unterhalb. Auch hier führte der gepflasterte Weg schnurstracks geradeaus, bis eine Mauer das Ende dieses Schlauches markierte. Links und rechts befanden sich die letzten Ruhestätten – in Reih und Glied. Da gab´s sonst nix zu sehen, somit würde ich diese Etappe auch heute nur zum kurzweiligen Ausruhen nutzen.

Nachdem ich die letzte Kerze entzündet hatte – wie immer drei Stück als Symbol unserer Familie, und heute eben die doppelte Anzahl, zwecks Gedenken – tastete ich mit den Augen meine bevorstehende Wegstrecke ab. Mit aller Kraft reflektierte der zum zerbersten volle Mond das Sonnenlicht. Der ausgebleichte Asphalt lag wie ein gefrorener Fluss seitlich der Gräber-Landschaft. Manch ausgebesserte Stelle mutete an wie ein schwarzer Fleck, an dem jemand durchs Eis gebrochen war. Trotz der milden Luft fröstelte es mich, und spontan fiel mir meine warme Bettdecke ein.

„Dann Mal los", spornte ich mich an, um nicht doch der Versuchung eines verfrühten Aufbruchs zu erlegen. Denn heute war meine Hoffnung doppelt so stark; wie die Anzahl jener Kerzen, welche ich entzündet hatte.

Beinahe lautlos rollte das Gummi der Räder über den leblosen Teer. Wie immer nahm ich noch ordentlich Schwung von der Geraden mit, der aber höchstens die ersten zwei Meter der Steigung anhielt. Danach hieß es kräftig am Rad drehen. Ich saß in einem sogenannten Aktiv-Rollstuhl, der – ebenso wie ich – ein Leichtgewicht war. Auch der Rollwiderstand war hier bei Weitem geringer, wie bei einem Standard-Gefährt.

Dennoch musste ich – wie schon gesagt – in der ersten Kaskade mindestens eine Minute verschnaufen, ehe ich mich zum zweiten Teil aufraffen konnte. Diesmal verweilte ich zwei Minuten –

7

selbst jenes unfreiwillige Ritual verdoppelte ich. Hirngespinste, und trotzdem so enorm wichtig. So viel Hoffnung schwelgte in mir, grad heute könnten sie mich erhören, weil ich ihnen die doppelte Zeit zugestand.

Irgendwo in der Ferne hupte ein Auto, während ich tief ein- und ausatmete, um der bevorstehenden Etappe gewachsen zu sein. Auch Vater hatte damals noch gehupt – warum auch immer – als der grelle Lichtschein urplötzlich seine Augen blendete, und er den Wagen verriss. Angeblich habe ich den Unfall nur überlebt, weil ich auf der Rückbank schlief und bei den Überschlägen aus dem Auto geschleudert wurde. Wäre ich angegurtet gewesen, hätte es mich ebenso zerquetscht, wie meine Eltern. Das mit dem Licht hatte mir übrigens nie jemand geglaubt und wurde als schockbedingte Einbildung abgetan. Vielmehr sei mein Vater übermüdet gewesen, so die Meinung des Unfallsachverständigen. Mag sein, wir waren auf der Rückfahrt von Hannover. Dort hatte ich mich bei der *Tango-Dance-Challenge* ins Halbfinale getanzt. Hinter uns lag die Hinfahrt früh morgens, der Nervenkitzel tagsüber und die nächtliche Heimreise. Klar waren wir alle geschafft. Dennoch existierte dieses Licht. *War es gar eine Pforte?* Ich hatte schon öfter davon gehört.

Wieso durfte ich dann nicht hindurchgehen?

Wer weiß, vielleicht wäre das besser gewesen als jene Existenz, welche mir seither zugestanden wurde.

„Und weiter! Nicht so viel denken!", befahl das hier und jetzt.

Mit nach vorne gebeugtem Oberkörper ging ich es schließlich an. Ich hatte immer das Gefühl, ansonsten samt Rollstuhl nach hinten zu kippen, da ich die Steigung frontal nahm. Ein kräftezehrendes Unterfangen. Meine Arm-Muskeln spannten wie poröse Drahtseile, an denen nach und nach die Fäden rissen – jedenfalls fühlte es sich so an. Die letzten Meter sprühte mein Bizeps beidseitig Funken, wie ein bremsender Güterzug. Ich biss die Zähne zusammen, ignorierte die Schmerzen, missachtete den Schweiß, der meine Hände gefährlich feucht werden ließ.

„Halt dich fest, Maria!", hört ich in Gedanken meinen Vater warnen. Es waren seine letzten Worte, die mich damals aus dem Schlaf rissen. Und ich tat, was er wollte – zumindest jetzt. Wie Schraubzwingen umklammerten meine Finger abwechselnd den Gummi meiner Bereifung. Linke Hand – rechte Hand; als würde ich mit rasender Geschwindigkeit ein Seil ablassen. Am Metallrad ging nichts mehr, dort würde ich sofort abrutschen. Bei meinen ersten Geradeauffahrten bewegte sich der Rollstuhl noch hin und her, als wäre dieser ein züngelnder Waran auf Beutesuche. Inzwischen dürfte es für einen Beobachter anmutig aussehen – sollte dieser meine verbissenen Gesichtszüge außer acht lassen, und sich einzig auf mein Gefährt konzentrieren – welches da mechanisch und gradlinig emporkroch, wie ein Auto an der Seilwinde eines Abschleppwagens.

Noch einen halben Meter. Ich pfiff ungewollt durch die Zähne, während ich angehaltene Luft ausblies.

Geschafft!

Der erwünschte Besucher:

Ich rollte zum Rande des Abhangs, der steil zur mittleren Kaskade hinabführte. Dichtes Buschwerk und Geäst zog sich beharrlich bis an den Rücken der unter mir liegenden Grabsteine, was aber nicht die wunderbare Aussicht vereitelte. Selbst die höchsten Wipfel des Waldes waren gegenwärtig auf meiner Augenhöhe.

Hier oben befanden sich lediglich die Gräber von Geistlichen aus unzähligen Jahrzehnten, die wohl in dieser Kirche Dienst getan hatten. Das Gotteshaus selbst mied ich, obwohl dort eine Rampe für Rollstuhlfahrer angebracht war. Ich glaubte an nichts Gutes, sollte es etwas Überirdisches geben, ansonsten würden solch schreckliche Dinge – wie einst dieser Unfall – nicht passieren. Und sollte Gott wie dargestellt existieren, würde der nicht zulassen, dass in seinem Namen die grässlichsten Gräueltaten geschahen und geschehen. Ein noch roteres Tuch waren für mich aber die Menschen, welche Religionen zu ihren Gunsten auslebten. Mancherorts ein Paradies für Pädophile, mit einem Oberhaupt, der Züchtigung an Kindern für gut hieß. Anderswo stand die Unterdrückung von Frauen und Kindern – bevorzugt der Mädchen – hoch im Kurs. Das einzig Göttliche, das *ich* je erleben durfte, war der Tango. Nun gut, womöglich ließ ich mich blenden, von den Machenschaften einzelner. Mit öffentlicher Kritik verhielt es sich halt einmal so: Schlechte Nachrichten schlagen gute um Längen.

Trotzdem war es nicht weit her, mit meinem Glauben. Vielmehr hielt ich es für möglich, dass Wunder geschehen konnten – und Geister exestierten – die Solche verbrachten. So sah sie also aus, meine Hoffnung, und ich sprach:

„Wenn ihr noch irgendwo seid; Mutter und Vater, dann schenkt mir bitte die Seele meiner Beine – lasst mich wieder tanzen." Heute wollte ich mein Flehen gleichfalls in die Länge ziehen, wie alles andere; mein Wehklagen verdoppeln.

Allerdings musste die zweite Bitt-Runde noch etwas warten.

Denn plötzlich vernahm ich dieses vertraute Hecheln, konnte aber noch nichts erkennen. Gerade jetzt hatte sich eine Wolke vor den Mond geschoben, um mir die Sicht zu verwehren. Ich witterte zudem Regen. Das Wetter schien ebenso rasch umzuschlagen, wie das Tapsen weicher Pfoten nun hörbarer wurde. Ich fuhr einen Meter zurück und positionierte meine Sitzrichtung zur Auffahrt hin. Gleich müsste er vor mir auftauchen.

Geschwind erreichte er die Anhöhe und blieb abrupt stehen, um mich erst einmal misstrauisch von Weitem zu beäugen.

Mit eingezogenem Schwanz und den aufgestellten Rückenhaaren mutete er an wie ein verängstigter Straßenköter, was er sicherlich auch war. Ein zaghaftes Bellen entwich seiner Hundekehle, dann fing er an zu knurren – schleimiger Sabber folgte dem Laut und tropfte zäh auf den Asphalt.

10

Sollte das ein Zeichen von Freude sein, mich erneut hier zu sehen? – fragte ich mich. Dieses Tier war jedenfalls total verstört. Man sah dem Hund an, dass er unterernährt und völlig verwahrlost war. Der gräulich- scheckige Promenadenmischungs-Farbmix seines Felles unterstrich das Straßenköter Image immens, ebenso sein ergrauter Hundebart. Ein Hauch von deutschen Schäferhund steckte in der Statur dieses Tieres – doch sein Kopf war völlig anders geformt. Dieser ließ mich spontan an einen Dobermann denken.

Ich hätte um alles gewettet, dass er mich trotz seiner wackeligen Anfeindungen ein wenig mochte. Warum sonst sollte er Abend für Abend hier aufschlagen? Nur wegen den paar Happen an Trockenfutter, mit denen ich ihn seit unserer zweiten Begegnung fütterte? Dieser arme Kerl war jedenfalls zwiegespalten; ich ebenso. Am liebsten würde ich Meldung gegen den mir unbekannten Hundebesitzer machen. Irgendjemanden musste er gehören, denn schließlich trug das arme Vieh ein Halsband; wenn auch ein schäbiges – welches wohl ursprünglich einmal bräunlich glänzte. Hier lag ein klarer Fall von Tierquälerei vor. Andrerseits würde eine solche Meldung meine nächtlichen Ausflüge verraten. Selbst bei der hiesigen Polizei war ein derartiges Geheimnis nicht sicher verwahrt, weil es hier sonst kaum etwas gab, was des Tratsches wert war. Ich galt im Dorf ohnehin schon als Sonderling.

Nein, ich könnte erst etwas unternehmen, wenn meine Beine wieder taugten. *Also nie?*

Der Hund hatte sich inzwischen langgemacht und schob sich mithilfe seiner Hinterläufe beharrlich in meine Richtung. Dabei knurrte und winselte er abwechselnd. Seine blutunterlaufenen- teils eitrigen Augen waren hartnäckig auf mich gerichtet.

„Guck mich nicht so an, Hund. Du machst mir keine Angst mehr, weißt du das?" Er wusste es nicht. Noch immer war sein Rückenfell eine Bürste.

„Heute habe ich zwei Überraschungen für dich. Erstens: Ich bleibe länger als sonst. Na, was hältst du davon, Hund?" So wie es aussah, war es ihm einerlei. Er war vielmehr damit beschäftigt, mich zu mustern. Also erzählte ich weiter: „Zweitens, für dich ist heute so eine Art Feiertag. Ich habe dir echte Fleischwurst mitgebracht. Nun, was meinst du?"

Tatsächlich entlockten ihm meine Worte ein einsilbiges Bellen, als hätte er mich verstanden. Oder er konnte die Wurst schon wittern? Diese hatte ich zu Hause in kleine Happen geschnitten und anschließend in einer Kunststoffbox verpackt, deren Deckel ich gerade entfernte.

„Hier Hund", rief ich ihm zu und warf ihm ein Stück Fleischwurst direkt vor die Vorderpfoten. Gierig schnappte er danach. Ohne das Teil zu kauen, schluckte er es hinunter. Erneut lief zähflüssiger Schleim aus seinem Maul. Er fing abermals mit knurren an. Ich warf ihm noch einen Happen zu, allerdings musste er nunmehr ein wenig in meine Richtung robben, um die Mahlzeit zu erreichen.

Schließlich wand ich mich wieder dem Abhang zu, um mich auf meine eigentliche Aufgabe, dem Erbitten zu konzentrieren. Der Hunde winselte derweil vor sich hin und hievte sich auf alle Viere.

„Nachher. Sei jetzt ruhig. Genieß lieber die Aussicht von hier oben auf dieses Schauspiel an rot- gelb schimmernden Lichtern", befahl ich ihm und zeigte ihm die Kunststoffbox. Zum ersten Mal, seit ich diesen Hund kannte, wedelte er kaum merklich mit dem Schwanz. Der Spuk dauerte nur einen Augenblick, sodann klemmte er ihn wieder zwischen seine Hinterläufe.

Ich sprach ein Gebet, welches ich selbst gedichtet habe. Kein kirchliches; nichts, was man Kindern im Religionsunterricht aufzwingt, und behauptet, dies sei der gute, der richtige Weg – obgleich die Behaupter solcher Aussagen das ja selbst nicht wussten.

„Die Seele meiner Beine liegt im Grab, obwohl diese lieber Tanzen mag.

Mutter – Vater, wenn ihr`s nicht wisst, wie sehr eure Tochter den Tango vermisst.

Na, wer denn dann, das frag ich mich; und bedräng eure Geister, gar flehentlich."

12

Warmer Regen vermischte sich mit meinen Tränen. Erste Kerzen, die sich außerhalb der Grablaternen befanden, erloschen bereits – andere leisteten noch heftigen Widerstand und züngelten beharrlich auf. Alles Hintergründige war gespenstisch ruhig, selbst der Hund. Einzig die Regentropfen benutzten Blätter, Asphalt und Buschwerk für ihr Konzert des sanften Plätscherns. Wir verharrten bestimmt zehn Minuten im Schweigen. Dem Hund schien das Nass von oben eben so wenig auszumachen, wie mir. Ein beinahe magischer Moment.

Bis ich plötzlich Schritte vernahm.

Der unerwünschte Besucher:

Noch nie war ich bei meinen nächtlichen Besuchen hier einer Menschen*seele* begegnet.

Seele? Sind es meine neuen- intakten Beine, die da hoch und höher marschieren? Unmöglich, denn Beine ohne Körper könnten nicht so schwer atmen, wie es dieses Lebewesen augenblicklich tat. Und sie könnten weder „Hund!" rufen, noch eine Zigarette in der Hand halten – weil Beine naturgemäß keine Hände haben. Jäh fing ich zu zittern an, als ich die Stimme erkannte.

Rainer Zampel! Die Schattenseite unseres eigentlich friedlichen Dorfes. Ich kniff die Augen zusammen und erkannte seine Silhouette etwa drei Meter oberhalb der mittleren Kaskade.

Konnte er mich erkennen?

Der Mond war inzwischen komplett von den Wolken verdeckt. Hier oben gab es nichts, was für etwas Aufhellung sorgen könnte.

Mein Glück. Trotzdem sah ich einen vierbeinigen Schatten weghuschen, der in Richtung Rainer Zampels Umrisse hastete. Meine Augen waren an die Dunkelheit gewöhnt. *Seine auch?*

Während der Hund sich Rainer zu Füßen warf, brüllte dieser wütend in die Dunkelheit: „Verdammter Köter! Wo hast `n dich die ganze Zeit rumgetrieben? Warst noch nie so lang am Streunen. Mist! Hätt deine Hilfe benötigt. Hab wieder so`n scheiß Autofahrer geblendet. Dieser Penner hat abgebremst, ist ausgestiegen und hat

13

mich bis zum Wald verfolgt. Hättst ihm die Eier abbeißen sollen. Mistköter!"

Wieder Mal einen Autofahrer geblendet! Meine Güte! Ich saß wie erstarrt im Rollstuhl, als hätten sich die Prophezeiungen von Professor Dr. Hoffnung zu meinem Leidwesen bewahrheitet. *Fifty-fifty Chance. Wenn etwas schief geht, sind sie von Kopf bis Fuß gelähmt!* – hallte es in meinen Ohren.

Gleich drauf wurde ich förmlich aus meiner Starre gerissen. Der Hund heulte auf wie ein kastrierter Wolf. Rainer musste ihm einen kräftigen Tritt verpasst haben. Die Umrisse des flüchtenden Tieres verschwanden in der Dunkelheit. Er rannte nach unten, wollte wohl den rettenden Ausgang erreichen. Rainer Zampel pfiff ihm hinterher. Ein schriller- durchdringender Ton zerriss die wiedereingekehrte Stille.

Instinktiv bohrte ich meine beiden Zeigefinger schützend in die Ohren. Dabei vergaß ich die Plastikdose in meinen Händen. Mit einem >Holterdipolter< landete diese auf dem Asphalt. *Oh Mist!*

„Was zum …", blökte Rainer. Helligkeit erwachte in seiner rechten Hand zum Leben. Ein Lichtkegel tänzelte unbarmherzig in meine Richtung. Als der Strahl mein Gesicht erreichte, musste ich meine Hände schützend vor die Augen legen, so enorm war dieses Blendwerk.

„Maria! Maria Magdalena! Ja gibt's `n so was! Du hier?", rief er aus. „Heilige oder Hure? Bist wohl das Letztere, nur leider längst unbrauchbar geworden. Vor deinem Unfall hättst für mich beides sein können. Und nun? Verkrüppelt, doch immer noch hübsch anzusehen."

Er kam näher, nannte mich immer noch Maria Magdalena, wie seinerzeit. Ich konnte nichts erkennen, nur diesen unbarmherzigen Lichtstrahl, der auf mein Gesicht gerichtet war.

„Bleib mir bloß vom Leib, du Irrer! Du Mörder! Ich habe alles mitgehört."

„Na und. Wer `n noch? Die Toten vielleicht? Oder deine Eltern, die vor sich hinammeln?"

„SCHWEIN!"

„Na-na; nicht so grob sprechen! Woll´n mir doch mal gucken, ob sie tatsächlich alleine ist, die Maria. Meiner Taschenlampe entgeht nix – *hihi*. Arbeitet nämlich mit 1200 Lumens Ausgangsleistung, das gute Teil – wird dir bloß nix sagen. Lassen sich prima die Autofahrer erschrecken, mit so `ner krassen Leuchtkraft.“

Jetzt stand er unmittelbar vor mir und leuchtete die Umgebung ab. Trotz des Regens konnte ich intensiven Uringestank riechen.

„Autofahrer erschrecken? So wie meinen Vater?“, stellte ich Rainer zur Rede.

„Wusst ja nicht, dass ihrs seid. Hätte dich nie absichtlich verletzt, kannst mir ruhig glauben. Dein sündig- rosa Fleisch; dein wallend- schwarzes Haar. Verdient hast du`s trotzdem. Warum hast`n mich nie rangelassen? Hast lieber mit deinen Tanzpartnern rumgehurt – richtig? Und nun bist gelähmt.“

„Ihhh!“, schrie ich auf, als dieser Ekel mir jählings eine Ohrfeige verpasste. „Hör auf damit. Ich bin wehrlos.“

„Was machst´n überhaupt hier draußen? Dacht immer, die hätt`n dich in irgend`ne Klapse verfrachtet, wegen Verlust deiner Eltern und so. Hab dich ne` Ewigkeit nicht mehr gesehen. Übrigens, was ´n das hier?“ Der Verrückte deutete auf die Plastikdose am Boden, deren Deckel sich durch den Aufprall gelöst hatte.

„Fütterst du Hure meinen Hund!?“ Mit seiner freien Hand packte er mich am Pony und zerrte mich nach vorne. Reflexartig stützte ich mich mit beiden Händen an den Armlehnen auf, um den Schmerz zu entfliehen. Als er endlich losließ, bewegte sich der Rollstuhl nach hinten und ich landete mit dem Po auf dem harten Asphalt.

„Autsch!“, schrie ich auf, obwohl mein Hintern ebenfalls von der Lähmung betroffen war. Es war viel mehr die Erinnerung, wie es sich anfühlte, gehaltvoll mit dem Allerwertesten gen Boden zu knallen. Wutentbrannt fauchte ich ihn an: „Bist du vollkommen durchgedreht? Du machst alles noch viel schlimmer. Ich glaube es reicht, was du bereits angerichtet hast!“

15

Der Spinner kniete sich direkt vor mich hin. Ich musste ein Würgen unterdrücken, so faulig war sein Mundgeruch. Auf dem nassen Asphalt spiegelte sich der Lichtschein seiner Taschenlampe, als er diese ablegte. Rainers Gesicht hatte sich nicht zu seinen Gunsten verändert, weder seine Kartoffelnase noch die schwarz geränderten- gefühlslosen Augen.

Was für ein hässlicher Kerl! – dachte ich, während er mich grinsend musterte. Trotz seines Kurzhaarschnittes war dieses gekräuselt, als würde Rainer auf seiner Kopfhaut wildwüchsige- verdörrte Kresse züchten. Unter einer entzündeten Zahnfleischwulst lugten viel zu klein geratene und nikotinbehaftete Zähne hervor. Wenigstens die restlichen Beißer wurden von seiner rissig- blutleeren Unterlippe verdeckt.

„Was hab´n ich deiner Meinung nach so angestellt?", fragte er und setzte dabei eine filmreife Unschuldsmiene auf. „Willst mich in ´n Knast bringen. Müsstest aber erst mal ausplaudern. Aber die Gelegenheit bekommst nicht, weil dein Hirn in ´n paar Minuten da unten an der Friedhofsmauer klebt. Mal gucken, wie schnell du hinunterrollst. Ein dummer- blöder Unfall. Muss dich nur bewusstlos kriegen; kein Problem. Mal sehen … Pfff."

Das Scheusal packte mich ungefragt unter den Armen und hob mich spielerisch zurück in den Rollstuhl.

„Mach keinen Scheiß. Ich halt auch dicht. Mutter und Vater werden nicht mehr lebendig, selbst, wenn sie dich einbuchten. Bitte!", flehte ich. Zumindest versuchte ich, wehmütig zu klingen. Schließlich musste ich an Zeit gewinnen. Rainer war nicht der Hellste; einerseits – doch andrerseits machte ihn gerade dieser Umstand so gefährlich, so unberechenbar.

„Glaubst wohl, ich bin doof", meinte er, und bückte sich nach seiner vermaledeiten Taschenlampe.

Doof, ekelhaft und ein Mörder, dachte ich.

„Wenn du nett zu mir bist, könnt ich dir *eee* … ventuell vertrauen", schlug er vor, und griff sich dabei symbolisch an den Schritt. „Weißt schon, was ich mein? Deine wollüstigen Lippen."

16

Ich wusste und nickte. *Wollüstige Lippen? Was für ein Idiot.*
Allerdings sah ich dadurch meine Chance gekommen.

„Aber ich will auch meinen Spaß haben", klärte ich ihn auf. „Positioniere deine Taschenlampe hier auf meinem Stuhl. Schließlich möchte ich genau sehen, was du so zu bieten hast. 1200 Lumens Ausgangsleistung hat das Ding also. Supi! Ich denke, da entgeht mir nichts."

„Wow, bist ja 'n richtiges Luder. Dann mal los. Und keine Dummheiten, sonst wirst diesen Friedhof in 'n Zustand verlassen, da kannst eh gleich hier bleiben. Besorgst du´s mir aber richtig gut, lass ich dich laufen. Kannst mir ja sowieso nix beweisen."

Klar, du lässt mich laufen – und ich bin die Königin von England. Außerdem ist laufen gut, da ich ja im Rollstuhl sitze. Würde Dummheit leuchten, wäre es hier taghell. Und bevor ich deine stinkig- knöchrige Wurzel anfasse, sterbe ich lieber; oder töte dich.

Mit liebe zum Detail positionierte der Irre seine Megataschenlampe zu meiner rechten. Sogar meine Plastikbox legte er darunter, sodass der Lichtschein im schrägen Winkel genau auf seine Hosenlade zielte. Das war vorteilhaft. Somit war etwas Freiraum unter der Lampe und ich konnte deren Rundgriff schneller packen, wenn es soweit wäre.

Doch dann umrundete der Wahnsinnige den Rollstuhl und betätigte auf beiden Seiten die Feststellbremse. Mit so einem Schachzug hatte ich nicht gerechnet. Dadurch ging mir wertvollste Zeit flöten. Ich musste folglich noch schneller agieren, als gedacht.

Schließlich stand er erneut vor mir und öffnete den Reisverschluss seiner speckig- angepissten Jeans. Der Gestank nach Urin wurde unerträglich. Ich hielt die Luft an, um nicht zu kotzen.

Während Rainer damit beschäftigt war, nun auch seinen Gürtel zu öffnen, griff ich nach der Taschenlampe und leuchtete ihn damit direkt in die Augen, welche er ohnehin nach unten gerichtet hatte. Diesen Moment seiner Verblendung galt es zu nutzen. Meine

17

linke Hand ballte ich zeitgleich zur Faust und setzte all meine Kraft in den Schlag.

Wumm! Voll in die Nudel. Doch reichte der Schlag aus?

Rainer taumelt nach hinten, schrie einen Wehlaut aus und ließ sich auf die Knie fallen. „Schlampe! Dich bring ich um!", brüllte er.

Eiligst löste ich die Bremsen meines Rollstuhls, legte die Taschenlampe erneut neben meinen rechten Oberschenkel (gegebenenfalls war diese ein Beweismittel), und gab Vollgas. Immer noch massierte sich der Verrückte zwischen den Beinen. Allerdings hatte er mit dem Jaulen aufgehört – atmete tief durch.

Er macht sich bereit. Der Schlag war zu weich. Los, roll um dein Leben!

Ich war noch gute drei Meter von der Abfahrt entfernt, da vernahm ich bereits hastige Schritte.

Ungleiche Verhältnisse:

Meine einzige Chance war die bevorstehende Talfahrt; vorausgesetzt, ich würde je die steil nach unten führende Straße erreichen. Nur so könnte ich mir einen Vorsprung erarbeiten. Allerdings war es gleichfalls gefährlich, weil am Ende des Gefälles die zwei Meter hohe Friedhofsmauer aufwartete, welche das gesamte Gelände umgab. Folglich galt, vorher abzubremsen, damit ich die Rechtskurve zum rettenden Tor unfallfrei nehmen könnte. Danach noch einen Kilometer Hochgeschwindigkeits rollen, um die ersten Wohnhäuser zu erreichen.

„Hab dich gleich, Dreckstück!", brüllte Rainer. Ich konnte seine Worte beinahe spüren, so dicht war er mir bereits auf den Fersen.

Noch einen Meter und es geht bergab.

Rainer rauchte seit Jahren wie ein chinesischer Fabrikschlot, das war meine einzige Hoffnung. *Wenn ich es bis zur Hauptstraße schaffe, könnte ihm während der Verfolgung die Luft ausgehen,* sann ich.

„Bleib stehen! Ich schnapp dich sowieso."

18

„Leck mich. Idiot!" Die Vorderreifen des Rollstuhls neigten sich nach unten. Geschafft, es konnte losgehen. Rainer wollte wohl gerade die Haltegriffe hinter meinem Rücken packen, während ich an Geschwindigkeit aufnahm. Er griff ins Leere. Für einen Augenblick renkte ich meinen Hals in seine Richtung und sah ihn straucheln. Er schrie auf vor Schmerz, als er bäuchlings auf dem Asphalt landete. Ich konnte die Schürfwunden beinahe selber spüren, die er sich unweigerlich an Händen und Knien zugezogen haben musste. Diese würden hoffentlich brennen wie Feuer, doch bei mir kamen sie als süßlicher Vergeltungsschmerz an.

Was für ein Glück. Rainer wimmerte, blieb aber vorerst liegen. Nun galt es, den Rollstuhl schnellstens abzubremsen, zur Sicherheit – die Zeit war nun auf meiner Seite. Zudem war der Teer regennass – obgleich es inzwischen nur noch tröpfelte – und somit glitschig.

Scheiße, das Gummi der Reifen glühte in meinen Handflächen. Ich biss die Zähne zusammen und bremste leider viel zu schnell. Der Taschenlampenkopf war nach vorne gerutscht, verlor das Übergewicht und flog auf die Straße. Mit einem Ruck überquerte der rechte Reifen dieses neuerliche Hindernis und mein Rollstuhl katapultierte nach links – natürlich samt Meiner als Fahrgast. Jäh wurde ich an den Autounfall erinnert, während ich umkippte. Nun war es mein Körper, der über rauen Asphalt schlitterte; und es war meine Kehle, aus welcher Ausrufe des Schmerzes entwichen. Mein Gefährt kam seitlich auf Höhe der mittleren Kaskade zum liegen.

Scheiße! Mein rechter Arm fing heftig zu pulsieren an. Ich wagte gar nicht erst, genauer hinzusehen. Das herausströmende Blut konnte ich schon beinahe riechen. Noch schlimmer hatte es mich aber an den Fingern erwischt. Reflexartig wollte ich mich damit abfangen. Ein Fehler. Mindestens der rechte Daumen war gebrochen. Es war wohl dem Schock zu verdanken, dass sich die zu erwartenden Schmerzen noch etwas im Hintergrund hielten – und meiner Todesangst.

Rainer hatte alles genauestens beobachtet und lachte lauthals auf.

Ich musste unter allen Umständen meinen Rollstuhl erreichen, um mich irgendwie – koste es was es wolle – wieder ins Gefährt zu hieven. Seitlich hinabrollen wäre allerdings eine dumme Idee. Mit meinen lädierten Fingern könnte ich wohl kaum rechtzeitig zum Stillstand kommen, meinen Schwung abbremsen. Und hochkriechen wäre noch schwieriger. Demnach robbte ich mithilfe meiner unverletzten Hand talwärts.

„Miststück!", schrie Rainer und ich vernahm, wie er sich aufrichtete und loslief. Wenige Sekunden später verpasste er mir einen Tritt in meine rechte Bauchseite. Ich schnappte nach Luft wie eine unbeholfene Kaulquappe beim versehentlichen Landgang.

„HILFE!", plärrte ich in die Dunkelheit.

Doch niemand außer Rainer antwortete: „Hättest das nicht tun dürfen. Wirst schnell den Moment herbeisehnen, in dem du mit deinem beschissenen Rollstuhl unten an die Mauer klatschst, Schlampe!"

Erneut trat er zu. Ich bekam dadurch einen Hustenanfall und schrie gleichzeitig auf, weil Rainer mich plötzlich an meiner verletzten Hand packte, um meinen maledierten Körper rücklings nach oben zu zerren. Rainers Knie und Hände waren aufgeschürft, doch außer Hass schien er nichts mehr zu spüren. Er grunzte wie ein brünftiger Keiler, während er mich gleich einem erlegten Wild hinterher schleifte.

Wenigstens konnte ich meinen Oberkörper ein wenig anheben, sodass ich nicht gänzlich am Boden entlang schrammte. Manchmal schwangen meine Beine ein wenig. Dann musste ich Mitansehen, wie sich die Haut von meine toten Fersen und Waden schälte. Darunter verbarg sich rosafarbenes Fleisch, welches an manchen Stellen bereits zum Vorschein kam. Nicht sonderlich viel, was uns Menschen optisch von der Fleischtheke eines Metzgerladens unterschied – lediglich ein paar Hautschichten. Ich schwor mir – sollte ich diesen Wahnsinn überleben – künftig auf Tiere im Speiseplan zu verzichten.

Meine Jeans-Short war mir längst bis an die Knie herabgerutscht und mein Slip zersetzte sich allmählich. Da ich unterhalb meines Bauchnabels nichts mehr spürte, blieb ich auch von diesen Schürf-Schmerzen verschont, doch der bloße Gedanke daran ließ mich schon Würgen. Dazu gesellte sich die Unfähigkeit, den Blick von meinen teils schon offenen Beinen abzuwenden. Schließlich übergab ich mich in mehreren heftigen Schüben. Bei der eigenen Zersetzung zuzusehen und dabei nichts fühlen, kam mir so ungewöhnlich und utopisch vor, wie jener Mann, welcher einst vom All aus auf die Erde sprang. Auch damals wurde mir schlecht, während dieser Fernsehübertragung.

Plötzlich ließ Rainer meine Hand los, und ich knallte mit dem Hinterkopf gen Boden. Schwindel überkam mich, doch mir blieb keine Zeit zum Ausruhen. Jäh packte er mich an beiden Händen – was mich sofort aufheulen ließ – und zerrte mich in eine Art Sitzposition.

„Bist ja schon halb nackt. Kannst's kaum erwarten, Hure", fauchte er mich an.

Mein Gesicht war nun direkt auf Höhe seiner offenstehenden Hose. Dahinter verbarg sich eine vergilbte Unterhose, die wohl einmal weiß gewesen war, und in der sich eine mickrige Beule gebildet hatte. *Von wegen, die Nase verrät der Frau die Größe des Johannes,* fiel mir trotz meiner misslichen Lage ein, und ich sah seinen Kartoffelzinken vor meinem geistigen Auge.

Ehe ich erneut kotzen musste, zerrte er mich weiter nach oben, griff mir unter die Arme und hob mich schließlich in die Luft. Meine Beine schwebten wie leblose, an einer Kran-Kette befestigte Balken unter mir.

„Tanz mit mir. Tanz-tanz-tanz!", befahl er. „Liebst das doch. Bestimmt durften dich deine Tanzpartner allesamt flachlegen."

„Drecksack!", schrie ich ihn an ... „Ich bin keine Hure!" ... und spuckte dem Irren mitten ins Gesicht, wie einst in der Dorfdisco, worauf er mich jetzt einfach fallen ließ. Wie eine Marionette, an der man die Fäden abgeschnitten hatte, klappte ich in mich zusammen. Im letzten Moment konnte ich meinen Oberkörper ein wenig abrollen. Meine Beine musste ich allerdings sich selbst überlassen. Diese knacksten zweimal, als würde ein schneebeladener Ast abbrechen.

Geschwind musterte ich mich. Nichts, außer den fleischigen Schürfwunden und blutigen Striemen war zu erkennen. *Wenigstens kein offener Bruch*, dachte ich, obwohl eh schon alles zu spät war. Schließlich war es egal, wie verstümmelt ich nun sterben sollte. Doch gegen eine Vergewaltigung würde ich mich wehren, mit allen Mitteln.

Trotz meiner Angst betrachtete ich das menschliche Leben ohnehin nur als ein Raupen-Dasein. Sterben kam der Entpuppung gleich, um anschließend als herrlich- anmutender und ungebundener Geist durchs Universum zu schweben. Dies war nach dem Unfall meine Philosophie – deshalb sollten sich so unnütze Zeitgenossen wie mein irrer Peiniger nicht so wichtig tun. Dieser gebärdete sich gerade wie eine angriffslustige Klapperschlange (*das hätte er wohl gerne*), erinnerte aber in Wahrheit an einen aasfressenden Rabenvogel, der sein Leben lang nichts Besseres zu tun hatte, als auf anderen herumzuhacken. Je arglistiger, desto länger wurde sein Schnabel.

„Lauf nicht weg", spottete Rainer. „Hol nur flugs dein Wägelchen, und danach werd´n wir Spaß zusammen haben." Sodann machte er sich auf den Weg.

„Verpiss dich!", rief ich ihm hinterher, und bereute es sofort. Dies würde weitere Schmerzen und Demütigungen bedeuten.

Er gab mir keine Antwort.

Ich flehte derweil meine Eltern um Hilfe an.

Lange nach der Geisterstunde:

Ich musste in die Nähe meiner Eltern gelangen; nach unten, egal wie. Vielleicht hatte ich mich geirrt, und hier auf der Anhöhe war keine geistige Verbindung zu ihnen möglich. Zudem würde mir ein Fluchtversuch auch Zeit verschaffen. *Wie spät mochte es sein?* – fragte ich mich.

Jedenfalls schon lange nach Mitternacht. Warum taucht hier niemand auf? Eine Oma, die an Schlaflosigkeit leidet. Oder der Dorfpfarrer, um die Kerzen in der Kirche zu entzünden. Jede gewonnene Minute ist kostbar. Also los! – feuerte ich mich an und versuchte kurzzeitig, dem Schwindelgefühl zu trotzen.

Rainer war bereits auf dem Rückweg. Seine Kontur sah gruselig aus. *Ein Irrer, der einen leeren Rollstuhl über den Friedhof schiebt. Ein Irrer, der Leichen ausgräbt, um diese damit abzutransportieren und anschließend zu schänden.*

Nichts wie weg!

Seitwärtsrollen klappte ganz gut. Geschwind erreichte ich den lehmig- klitschnassen Abhang. Schon ging es talwärts. Einzelnes Buschwerk dämpfte meine Geschwindigkeit. Kleine Äste brachen unter meiner Last entzwei.

„Halt!", schrie der Irre. Doch es war schon zu spät. Die halbe Wegstrecke hatte ich bereits hinter mich gebracht. Mein gesamter Körper war schlammbesudelt – das könnte auch die Blutungen stoppen … *und Entzündungen auslösen.*

Rainer hetzte wieder die Straße nach unten; und der Scheißkerl war richtig schnell. Ich musste hinter einem Bäumchen verharren, dessen faustdicker Stamm mich ein wenig stützte. Der Hang war derart steil und glitschig, dass es einem Kunststück glich, hier auf der Stelle zu kauern. *Besonders, wenn man nur eine Hand zur Verfügung hat.*

Derweil erreichte Rainer die mittlere Kaskade und lauerte nur wenige Meter unter mir. Ich ertastete einen mittelgroßen Stein, nahm diesen an mich und rief ihm zu: „Wenn du hochkletterst, werfe ich dir damit den Schädel ein."

Der Stamm an meinem Brustkorb fing allmählich an, mir die Luft abzudrücken – doch ringsum erkannte ich nur ungeeignetes Gebüsch – nichts, wo ich mich festhalten könnte. Die Schwerkraft wollte mich nach unten ziehen.

„Wird nicht nötig sein, dass ich hoch komm", rief Rainer mir zu. „Wir veranstalten `ne Treibjagd. HUND! HIERHER!" Erneut pfiff er mit Zuhilfenahme seiner Schmutzfinger.

23

Und der Hund kam. Dieser musste wohl irgendwo dort unten gekauert haben – er war also gar nicht geflüchtet. *Viel zu viel Angst vor seinem Herrchen*, schätzte ich. *Wie die Jugendlichen aus dem Dorf. Unterwerfung aus Furcht.*

Der Mischling blickte zu mir nach oben, nachdem Rainer ihn auf mich aufmerksam gemacht hatte. „Bleib hier", befahl er dem Hund.

„Planst du, hier runterzurollen, geb ich ihm ein Zeichen. Wird dich zerfleischen, das Vieh." Diese Ansage war eindeutig an mich gerichtet.

Rainer war sich seiner Sache jedenfalls ziemlich sicher. Gemächlichen Schrittes marschierte er nun zur höher gelegenen Kaskade. Eine Minute später war ich eingekesselt – oberhalb der Verrückte, ich wehrlos in der Mitte, und unter mir sein Hund.

Rainer stand direkt am Rande des Abhangs und glotzte in meine Richtung. Seine Augen funkelten im wiedergekehrten Mondlicht, wie jene einer streunenden Katze. Dann nahm er wohl Blickkontakt zu seinem Gehilfen auf.

„Los Hund. Jag sie hoch. Möcht filmen, wie sich Maria Magdalena – heilige Hure! – an Ästen und Gestrüpp nach oben hangelt. Gibt `ne Menge Klicks auf so `n Video. FASS!" Plötzlich zauberte Rainer ein Handy aus seiner Hosentasche und hielt das Teil mit ausgestrecktem Arm in meine Richtung; gleich einem Handspiegel. Ich entzog mein Gesicht seiner Linse und blickte wieder nach unten.

Der Hund rannte los – knurrend und mit einem Affenzahn – als wären seine Pfoten besonders geländetauglich. Im Nu hatte er mich erreicht. Seine Hinterläufe fanden Halt im morastigen Untergrund; wie ein Steinbock blieb er hier verankert. Dennoch wirkte sein sehniger Körper angespannt, während er unmittelbar vor mir verharrte. Mit gefletschten Zähnen begutachtete er mein Gesicht. *Wo lohnt es sich, ein Stück frisches Fleisch herauszureißen?* – glaubte ich, in seinen Gedanken zu lesen.

Ich schloss die Augen, und plötzlich begann es erneut zu regnen. Warm und sabbernd fühlte er sich an.

Singendes- winselndes Nass.

Seine weiche Zunge leckte über meine Wange – spendete mir Trost.

„Du dummes- doofes Vieh! Komm sofort hoch. Beißen und jagen sollst sie, nicht ablecken. Fuß!" Ich blickte nach oben. Rainer hüpfte von einem Bein aufs andere, wie ein kleiner Junge, der dringend pinkeln sollte – aber nicht wollte. Der Hund spurtete los, wohl um sich seine Prügel abzuholen. Gleich danach würde der Irre ihn wieder auf mich hetzen.

Womöglich mit mehr Erfolg. Jetzt oder nie.

Noch ehe ich mich von dem Baumstamm wegschieben konnte, geschah etwas, womit ich nicht gerechnet hatte. Kaum erreichte der Hund die Anhöhe, sprang er knurrend und keifend sein wahnsinniges Herrchen an, um sich in Rainers rechten Arm zu verbeißen. Das Tier zerrte und zerrte – unbarmherzig; und ließ einfach nicht ab – trotz der tyrannischen Befehle, welche der Irre nun ausspuckte. Unbeholfen, ängstlich und beinahe weinerlich kamen sie bei mir an, diese Wortfetzen unzüchtiger Sprache aus dem Munde eines unberechenbaren Scheusals.

Rainer strauchelte, wohl geschwächt von der Last des reißenden Hundes, und kippte nach vorne über. Sein Handy hielt er immer noch umklammert. Wie eine Lawine kamen die beiden auf mich zugeschossen. Ich konnte mich gerade noch nach hinten retten, schon krachte Rainer mit dem Rücken voraus in den Baumstamm, der mir eben noch als Stütze diente. Mit einem knacksenden Geräusch gab sich das Bäumchen sogleich geschlagen und knickte talwärts, um sich flach auf den Boden zu legen, bremste jedoch Rainers Fall. Mit minderer Geschwindigkeit rollte er weiter, schrie aber immer noch wie am Spieß. Ich tat es ihm gleich, zumindest was das hinunterwälzen anging.

Der Hund wurde dabei mitgewirbelt. Noch immer gruben dessen Zähne in Rainers Fleisch, bis das unheimliche Duo schließlich hinter einem Grabstein zum liegen kam. Blitzartig machte sich das Tier aus dem Staub, jagte die Straße entlang nach unten. Seine Mission war scheinbar beendet; mein neuer Freund und Helfer war nicht mehr bei mir.

Ich landete direkt eine Grabstätte daneben. Mit dem Gesicht hätte ich Rainers dreckbesudelte Fußsohlen berühren können. Der Mond zeigte längst wieder sein hellstes Gesicht, und im Umkreis von einem Meter waren sämtliche Details zu erkennen.

„Oh mein Gott", rief Rainer wiederkehrend aus.

Mit letzter Kraft hielt ich mich mit meiner gesunden Hand an der Vorderseite des Grabsteines fest, um mich nach vorne zu ziehen. Zum Glück bestand dieser aus rauem Gestein und ich fand ein wenig halt. Solange der Irre noch mit sich selbst beschäftigt war, galt es erneut, wertvolle Zeit zu gewinnen.

Abermals wäre ich ihm hilflos ausgeliefert, sollte er sich erholen.

Schließlich erreichte ich den gepflasterten Gehweg und wollte gerade zum nächsten Abhang hinüber, als Rainer mich anflehte, zu bleiben: „Maria, hilf mir. Bitte. Spüre meine Beine nicht mehr."

Ich drehte mich um 180°. Sein Kopf lugte hinter dem Grabstein hervor. Tränen liefen über seine Wangen. Seine Fratze spiegelte echte Verzweiflung wieder. Dennoch blieb ich misstrauisch.

„Du kannst was …?, hakte ich vorsichtig nach.

„Meine Beine. Sie sind tot. Mein Gott, ich bin gelähmt."

„Dann hat wohl deine irrsinnige Hetzjagd hiermit ein jähes Ende gefunden", war alles, was ich dazu sagte. Erleichtert atmete ich durch.

„Tot-tot-tot!", rief er aus.

Im selben Moment geschah es.

Geister, Wunder oder Zufall?:

Der Grabstein, hinter dem der Irre jammerte und flehte, war vollkommen vermoost. Sämtliche Inschriften lagen hinter einem grünen Teppich verborgen. Nur ein Wort war zu entziffern. Es schien, als wäre diese Stelle eigens Blank poliert worden.

Blank poliert für mich? Inmitten des Unkrauts vor dem verwahrlosten Grabstein lag eine Wurzelbürste. Eine, wie sie meine Eltern stets benutzt hatten, um die Stahlfelgen unseres Wagens zu reinigen. Genau genommen sah diese völlig identisch aus.

Ich blickte wieder hoch zur Inschrift.

Das Wort >*Hoffnung*< starrte mich erneut an, als wollte es mir eine wichtige Mitteilung machen. *Hoffnung?*

Und plötzlich war sie da, die Erkenntnis – das Verstehen. *Professor Dr. Hoffnung! Mutter – Vater; ich vermisse euch so sehr. Danke.*

Ich gestattete Rainer (von nun an war ich hier der Boss), mit seinem Mobiltelefon einen Krankenwagen zu rufen. Ich selbst besaß nicht mal ein Solches. An mir war die >*ohne geht's gar nicht – dein Handy ist ein lebensnotwendiges- menschliches Organ* < Verkaufsstrategie spurlos vorübergegangen. Wenn man beide Elternteile verliert und plötzlich nicht mehr laufen kann, hat man andere Dinge im Kopf, wie unentwegt so ein Ding anzustarren oder darauf herumzutippen. Vielmehr war ich mit mir selbst beschäftigt, wie in diesem Moment, als ich abermals die Nase rümpfte.

Gleich drauf rebellierte mein Magen und wollte dringlich würgen, während anhaltend- beißender Gestank nach Fäkalien meinen Geruchssinn beleidigte.

Rainer hatte sich in die Hose gemacht. Eiligst sah ich zu, den Abstand zwischen uns deutlich zu vergrößern und schob mich nach hinten. Worte des Spottes konnte ich mir jedoch nicht verkneifen: Ich machte ihm den Vorschlag, doch meinen Rollstuhl zu nehmen, sobald ich genesen sei. Somit könne er Geld sparen. Sogar die Vorzüge eines Aktiv-Rollstuhles legte ich ihm nah.

Gefreut hatte er sich aber nicht. Wie undankbar.

Von Weitem sah ich endlich das Blaulicht blitzen – und vernahm zeitgleich ein einsilbiges Bellen, direkt aus dem Wald.

Ein Jahr später:

Alles war anders, doch eines behielt ich bei. Meine nächtlichen Friedhofsbesuche.

Diese kamen auch meiner Motorik zugute, die von Tag zu Tag besser zusammenspielte. Anfänglich behalf ich mir noch mit einem Rollator – inzwischen benötigte ich diesen zum Glück nicht mehr.

Ein langer Leidensweg lag hinter mir. Während meiner damaligen Begegnung mit Rainer zog ich mir zwei komplizierte Brüche in den Beinen zu, weil er mich gleich einer Marionette fallen ließ. Meine Beinmuskeln- und Knochen waren seinerzeit nicht besonders widerstandsfähig, wegen der vorausgegangenen Lähmung.

„Das könnte uns zusätzliche Problem bereiten", meinte Dr. Hoffnung, als ich vor einem Jahr erneut zu ihm in die Klinik eingeliefert wurde. Doch ich wusste es besser, behielt das Geheimnis aber für mich. Er bezeichnete mich als eine sehr mutige-junge Dame, während ich der Wirbelsäuleoperation mit meiner Unterschrift zustimmte.

Natürlich behielt ich noch ein Geheimnis für mich: *Rainer.*

Gegenüber der Polizei hatte ich seine fiesen Blendattacken verschwiegen – und somit den Mord an meinen Eltern. Trotzdem wurde er bestraft, so einiges kam ans Tageslicht, allerdings blieb er auf Bewährung draußen.

Ich hatte Rainer einmal angedroht – sollte er so etwas noch einmal tun – dann würde ich ihn auffliegen lassen. „Wie willst du im Knast deinen Arsch vor unbefugten Zutritt schützen?", fragte ich ihn. „Mit leblosen Beinen bist du ziemlich machtlos."

Zudem wurde Rainer in Freiheit weit schlimmer bestraft, als hinter schwedischen Gardinen. Ehemals von ihm verspottete oder verprügelte Opfer zahlten es ihm heim – überwiegend verbal.

Natürlich wurden auch seine Handy-Videos aus dem Internet gelöscht und anschließend zerstört. Rainer hatte ne` Menge Kurzfilme hochgeladen, doch nun war er entlarvt. Auf den Streifen war meist zu sehen, wie er andere verspottete oder erniedrigte. Auch in den verschiedensten Foren trat er als *Mobber* auf, und schrieb beleidigende Kommentare zu allen möglichen Themen, von denen er absolut keine Ahnung hatte. Hauptsache sein Tun war verletzend und lenkte von seiner eigenen Unfähigkeit in allen Belangen ab. Rainer versteckte dabei seine Identität hinter diversen Namen edelster Tiere, was ich nicht nur als kindisch, sondern als eine enorme Beleidigung der betroffenen Gattungen betrachte.

Mittlerweile habe ich gelesen, dass solche Leute *Internet-Trolle* genannt wurden. Deren gab es nicht wenige, doch einen hatte ich ins Handwerk gepfuscht – wenn auch unbewusst.

Für mich war das Thema abgeschlossen. Beachtung war ohnehin der Dung, aus dem solche Trolle heranwuchsen.

Und es gibt auf der Welt sicherlich wichtigeres, um was man sich kümmern sollte.

Tanz nach Mitternacht:

Auch vergangene Nacht stand ich vor der Kirche und tanzte Tango.

Ich tat es im Schein tausender Kerzen – bis der Schweiß mir in Bächen über den Rücken lief – und ließ mich führen, von den gut gelaunten Geistern, die eigens Lieder wie >*La Cumparsita*< oder >*El Choclo*< summten.

Nur der Hund fehlte mir. Er lebte fortan im Wald – dessen war ich mir sicher – zurückgezogen und gleichfalls erleichtert, seinem menschlichen Tyrannen entflohen zu sein.

Sollte mein neuer Freund eines Tages sterben, werde ich es erfahren.

Denn die Geister lieben mich, würden mir nichts verschweigen; gehörte doch kürzlich noch ein Teil meines Körpers zu ihnen.

Sollte hier, auf dem Friedhof, abermals etwas Außergewöhnliches geschehen, werd ich es euch wissen lassen.

Versprochen.

Vorwort *(HART):*

Ein Minidrama. Diese tieftraurige und wirklich kurze Geschichte habe ich im Jahr 2013 über Nacht im Rahmen eines Schreibwettbewerbes ins Leben gerufen. Vorgegeben waren Genre, Anschläge und Tags (Schlagwörter).
Ich widme dieses Drama allen misshandelten Kindern dieser Welt. Dennoch, nichts Fiktives kann so schrecklich sein, wie die Wirklichkeit.

HART:

Die Uhr:

Der Junge lag zusammengekauert auf der übel riechenden Matratze.

Das Wochenende würde seinen geschundenen Körper zwar nicht vollständig heilen, doch diesen wenigstens etwas Ruhe verschaffen.

Starr klebte sein Blick an der herabhängenden Tapetenbahn, die Woche für Woche tiefer nach unten kletterte. Was vor Jahren begann, kam nun immer eiliger auf ihn zu. Baldigst – vielleicht schon nächste Woche – könnte die vergilbte Raufaser an seiner Nase kitzeln.

Sie war die Uhr des Lebens – seines Lebens. Sollte die vermaledeite Tapete aufhören zu ticken, würde er endlich ein harter Junge sein. So, wie sein Vater es forderte, und ihm beinahe täglich einprügeln wollte.

Vater ist nicht hart, verdrängte der von quälenden Schmerzen geplagte Junge.

Es war noch früh, doch schon baldigst würde seine Mutter hier auftauchen, um sich mit ihm zu unterhalten. Sie kam immer samstags, versorgte seine Wunden und sprach von Härte und Zukunft. Heute würde sie den Jungen Bonbons schenken. Das verriet ihre jüngste Zeichnung, welche sie ihm letzte Woche hinterlassen hatte. Beinahe schon ein Ritual, diese unspektakulären Kritzeleien auf einem willkürlich irgendwo herausgerissenen Papierfetzen.

Und dennoch war darauf sein künftiges Geschenk zu erkennen.

Somit gab es zumindest etwas, worauf er sich wochentags freuen konnte.

Es war gut, Mutter hier zu haben. Wenigsten samstags. Besser als alles andere.

Die Mutter:

»Es wird bald aufhören, mein Junge. So wie ich das einschätze, könnte es bald vorüber sein.«

»Vater ist nicht hart, Mutter. Und fass die Tapete nicht an.«

»Ich fasse deine Tapete nicht an. Lange hält sie sich nicht mehr an der Wand, das kann ich dir sagen. Du wirst es mir doch irgendwann einmal verraten, euer Geheimnis. Oder?«

Geheimnis? Immer wieder denkt sie, ich bin verrückt. Es ist die Zeit. Meine Uhr. Wenn sie mich berührt, muss ich endlich so weit sein. Genau wie Vater es fordert. Hart. Siehst du nicht, wie sehr sie mir Angst macht und wie schnell diese auf mich zukommt. Keiner kann sie stoppen. Manchmal wünsche ich mir, du würdest sie ein wenig nach oben rollen, Mutter. Nur um ein paar Monate.

»Wenn du endlich mal was sagen würdest. Seit ich dich hier besuche, redest du nur diese zwei Sätze. Dreh dich jetzt auf den Bauch, Junge. Gleich brennt es ein wenig.«

Seid doch froh, dass ich schweige. Wo wärt ihr jetzt, wenn ich je ausgeplaudert hätte.

Ein wenig brennen? Das Jod wütet wie Feuer! Und dein Atem riecht wieder nach Schnaps. Jedes Mal.

Mutter, auch du redest ständig dasselbe. Fällt dir wohl gar nicht auf. Ich lieb es dennoch. Hör nie auf damit, mir von dir zu erzählen. Gott das brennt vielleicht!

31

»Du solltest den Tag auf den Bauch liegend verbringen. Ich weiß, wovon ich rede. Die Striemen werden sonst nie abheilen. Jede Frau wird dich einmal danach fragen. Dir gefallen doch Frauen?«

Als ob mich das wirklich interessieren würde. Vielleicht in ein paar Jahren.

Und du? Liebst du Vater? Hast du ihn je geliebt? Warum hast du ihn verlassen? Weil er schwach ist?

Schon sehr bald bin ich hart und die Frauen werden mich mögen. Wenigsten irgendwann.

»Streichle mir über den Rücken, Junge. Dann fühlst du, dieser ist wieder glatt und weich geworden. Ich bin meist zwei Tage auf dem Bauch gelegen. Am Wochenende lässt er dich doch nach wie vor in Ruhe, oder? – und dieses Zeitfenster solltest du nutzen. Dein Vater ist nicht nur schlecht. Er möchte, dass du dich an solchen Tagen erholst und nachdenkst. Nutze es. Bei mir war es auch so ähnlich. Nun aber los, fang endlich an – streichle mich.«

Endlich. Du vergisst es nie. Du weißt ganz genau, wie gerne ich dich liebkose und dabei deinen Worten lausche, Mutter.

»Bleib du so liegen. Junge, du kommst doch ran? Liegst du auch bequem?«

Warum sollte ich heute nicht rankommen? Dennoch – es ist so unbequem wie eh und je.

Wunderschön, wie du dich anfühlst. So lange ich deinen Rücken berühre, verstummt deine Stimme nie. Du magst es, gestreichelt zu werden.

»Er hat plötzlich aufgehört, mich zu schlagen. Siehst du, wie hart mich das letztendlich gemacht hat? Zum Ende hin wurde es fast unerträglich. Immer brutaler. So wie bei dir. Und dann war schlagartig Schluss. Ich sage dir, wie aus heiterem Himmel.«

Sie denkt immer noch, er würde es bei mir auch tun. Plötzlich aufhören.

Ist es heftiger geworden? Brutaler? Ich kenne kein anderes
Leben, Mutter. Ich spüre keine großen Veränderungen. Es tut
immer noch gleich weh.

»Selbst, als ich mich von ihm trennte, hat er nicht mehr auf
mich eingeprügelt. Ich dachte, er würde bis hin zu meinem
Umzug erneut damit anfangen. Doch er hats geschluckt, und
mich unversehrt ziehen lassen. Dein Vater ist hart im Nehmen.
Hörst du, was ich dir erzähle?«

»Vater ist nicht hart!« *Und ja, ich lausche deinen Worten.*
Möchte nur meine Augen dabei schließen.

Aufgehört? Bei dir sehr wohl, Mutter. Weil er anfing, mich zu
verprügeln, an jenem Tag, an dem du uns verlassen hast. Dies
war gleichzeitig der Tag der Tapete. Anfänglich war es nur
eine kleine Ecke, die sich gelöst hat und mir seitdem entgegen
rollt. Es war der Tag, an welchem die Uhr zu ticken begann,
Mutter.

»Verstehst du Junge, kein Mann auf dieser Welt kann mir
mehr wehtun. Ich bin auf alles vorbereitet – kenne die
dunkelsten Seiten des Lebens sehr genau. Ich benutze
vielmehr diese Typen, um mein Geld zu verdienen. Es springt
auch etwas für dich dabei raus. Vielleicht später der
Führerschein? Was meinst du?«

Du benutzt sie, weil sie dich benutzt haben. Vaters Freunde.
Denk nicht, die Wände haben keine Ohren. Natürlich habe ich
es gehört. Wie ein Rudel sind sie manchmal über dich
hergefallen. Vater schien es zu gefallen. Du hast dies nie
gewollt, und dennoch zugelassen.

Vielleicht hilft es dir wirklich, wenn du dich verkaufst?

»Und denk nie, Junge, ich würde mich verkaufen. Glaubst du
das? Ich möchte wissen, was da vorgeht, in deinem Kopf. Es
ist ein Job wie jeder andere. Es gibt weitaus Schlimmeres,
seine Kröten zu verdienen.«

Immer an dieser Stelle liest du meine Gedanken, Mutter. Wie
machst du das? Mir ist es einerlei, wie du dein Geld verdienst.
Ich hasse es nur, was damals zu Hause passiert ist. Als du

33

noch hier warst. Mit den Männern. Weil Vater nicht mehr
konnte? Dachte er ernsthaft, dir damit einen Gefallen zu tun.
Nichts an ihm ist hart. Selbst diese Kleinigkeit in seiner Hose
nicht.
Wie habt ihr mich nur gezeugt?
»Du wirst schon sehr bald eine Lehre beginnen können.
Sobald er damit aufhört, dich zu schlagen, bist du soweit.
Versteh ihn, er meint es nur gut. Glaubst du, es war leicht für
ihn, seine Arbeit zu kündigen, nur um dich anständig zu
erziehen? Außerdem solltest du wieder anfangen zu
sprechen.«
Anständig zu erziehen? Meinst du das wirklich, Mutter? Immer
noch? Du kennst mich doch gar nicht mehr. Was ist anständig
sein?
Ich habe Angst. Die Uhr tickt viel zu schnell. Bald schon wird
sie mich berühren und ich werde es dann sein müssen.
Anständig. Hart ist anständig. Du bist beides, selbst wenn du
dich verkaufst, Mutter.
»Es ist schwer zu verstehen. Vater will, dass du auf alles
vorbereitet bist. Manches wird leichter dadurch. Hart sein
heißt, ganz oben mitzuspielen. Respekt und Anerkennung. Er
will, dass du zurechtkommst. Allein. Ohne ihn. Verstehst du?«
Ja, ich verstehe. Ich verspreche es dir, seinen Wunsch zu
respektieren. Ich muss aufhören, dich zu streicheln. Nicht nur
mein Arm – alles tut so schrecklich weh. Besonders mein
Rücken. Und gleich wirst du gehen.
Ich liebe dich Mutter.

Die Tapete, eine Woche danach:

Der Junge hörte vor vier Jahren allmählich mit dem Weinen
auf. Seine Tränen brachten nicht mehr die anfängliche
Erleichterung. Später waren diese nur noch eine Plage. Nichts
weiter als ein Brandmal seiner hoffnungslosen Lage –
vollkommen ohne Wert – lediglich eine unnütze Erinnerung.

Eines Tages blieben sie gänzlich aus, und der Junge fragte sich nie, *weshalb.*

Verwunderlicherweise tauchten sie heute Morgen wieder auf. Gleichfalls intensiv wie damals, am Tag der Tapete. Dennoch gab es einen Unterschied.

Nunmehr waren es die guten Tränen; die hilfreichen. Er spürte das salzig- kitzelnde Nass deutlich über seine Wangen kullern. Wie ein Beruhigungsmittel suchten die Tränen nach der Angst, welche den Jungen peinigte, um diese zu ertränken.

Doch da war noch etwas – ein unbarmherzig- kratzendes Ding – welches nun sein Gesicht berührte. Er wagte es nicht, seine Augenlider zu öffnen. Irgendwann in der Nacht musste er sich wieder auf den Rücken gedreht haben.

Sie war angekommen – hatte ihr Ziel erreicht – und kitzelte bereits seine feuchte Wange. Baldigst würde sie seinen Körper zur Gänze bedecken. Es war genauso, wie er es sich stets ausgemalt hatte. Nur von den Tränen hatte der Junge nichts geahnt.

Sie fühlte sich steif und unbarmherzig an. Längst getrockneter Leim machte die hölzernen Splitter – auf ewig mumifiziert in vergilbtem Papier – zu seinen Verbündeten.

Gefangene!

Wie ich.

Hart.

Wie ich es bald sein werde.

Frei sein und auf eigenen Beinen stehen.

Es war an der Zeit. Genug der Erziehung. Er musste beweisen, was sein Vater sehen wollte. Dass er alleine zurechtkam, ohne ihn.

Der Junge öffnete seine Augen und erkannte die Tapete, auf deren Rückseite die Bleistiftskizze eines unbegabten Zeichners aufgemalt war.

Woher?

Das Neue:

Seine Mutter war pünktlich an diesem Samstagmorgen. Eigentlich war sie das ja immer. Beinahe hätte er sich gewünscht, sie würde mit ihm so reden, wie sie es all die Jahre getan hatte.
Stattdessen wiederholte sie immer nur die gleichenmonotonen Fragen und Vermutungen an diesem Samstag – obgleich sie den Jungen während ihrer Ansprache mehrmals zublinzelte und ziemlich glücklich schien.

Warum hast du das getan? Er hätte doch bald aufgehört, hallte es in seinen Gedanken nach, während seine Mutter schon längst in der Küche verschwunden war, weil einer der Männer sie erneut befragen wollte.
Weil du es mir immer gesagt hast, Mutter. Ich muss endlich hart sein und ohne ihn zurechtkommen. Alleine. Du hast es mir jedes Mal gesagt. Er hat aufgehört zu schlagen, du hattest recht. Seit gestern tut er es nicht mehr, und dennoch fehlt mir jede Erinnerung daran, was geschehen ist – was ich getan haben soll.
War es gestern?
Der Junge rollte sich unter der Tapete hervor, die ihm nun als Decke diente. Er schlich sich in Richtung des Wohnzimmers, um das Treiben der Männer heimlich zu beobachten. Das Messer steckte immer noch im Rücken des Vaters.
Wie lange liegt er wohl schon so? Der Junge konnte sich nicht entsinnen.

Niemand hatte seine Anwesenheit bemerkt. Die beiden Polizisten, die neben der Leiche standen, unterhielten sich mit angewidertem Gesichtsausdruck.
Der Junge konnte jedes Wort verstehen.

Das Lächeln:

»Ich glaub es einfach nicht. Die Mutter hat alles gewusst. Jeden Samstag hat sie seine Wunden gepflegt. Scheiße, der reinste Horrortrip. Sie ist wohl Alkoholikerin oder auf Drogen. Wird sich wieder strafmindernd auswirken – verdammte Justiz.«

»Denk nicht darüber nach. Wann kommt endlich die Psychologin von der Krisenintervention? Ich möchte den Jungen so schnell wie möglich hier weghaben. Der arme Kerl. Zwei Bestien als Eltern. Das wird er nie wieder los, sein ganzes Leben nicht.«

»Ziemlich verstört. Er möchte die Tapete mitnehmen, unter der er sich vergraben hat. Hast du die Skizze darauf gesehen? Ein totes Strichmännchen mit einem Messer im Rücken. Wahrscheinlich wollte er seine Tat damit verarbeiten. Oder die Skizze ist älter – und drückte sein Verlangen aus, den Vater umzubringen. Eigentlich wäre das psychologisch höchst interessant, und wohl ein Beweismittel. Doch sei es drum, er soll die Tapete meinetwegen behalten. Muss die Hölle gewesen sein, was sie ihm angetan haben. Wirklich hart, der Bub.«

Ja, das bin ich nun wohl, dachte der lauschende Junge.

»Das muss er künftig auch sein. Es kommt ´ne Menge auf ihn zu. Alleine. Ohne Vater, den er ohnehin nie hatte. Von der Mutter ganz zu schweigen. Nun, ich denke, er muss in ein Heim. Schließlich ist er kein Mörder im weitesten Sinne, sondern das Opfer eines Irren. Notwehr!«

Alleine auf beiden Beinen stehen. Richtig. Ich muss jetzt ohne Vater zurechtkommen.

»Wie lange glaubst du, ist dieses Schwein schon tot?«

»Na, jedenfalls zwischen 12 und 24 Stunden. Warten wir lieber die Meinung des Gerichtsmediziners ab. Dennoch, die Leichenstarre ist voll ausgeprägt. Er wollte wohl ein *harter* Hund sein, dieser Feigling. Seit ein paar Stunden bist du es tatsächlich. Wirklich hart ... *Haha*. Im wahrsten Sinne des Wortes. Ich bin froh ...«

»Still, der Junge!«

»Oh ... du solltest doch im Zimmer bleiben. Komm, geh wieder dorthin. Bald schon holt dich jemand von hier ab.«

»Pssst, ich begleite den Buben nach hinten. Bleib du hier, Kollege. Und guck ihn dir an. Der Schock kommt wohl jetzt erst. Er grinst über das ganze Gesicht.«

»Vater ist nun hart. Erzählen Sie das bitte meiner Mutter. Und sagen Sie ihr, dass ich sie liebe.«

»Komm mein Junge, ich sag es ihr. Versprochen. Noch etwas?«

»Ja, sagen Sie ihr ... sagen Sie ... ich nehme ein Stück der Tapete mit.«

»Willst du ihr dass nicht selbst erzählen? Na komm schon. Wir lassen euch eine Minute alleine.«

Der Abschied:

»Du musst von nun an nie wieder Angst haben. Und ich werde dich auch künftig samstags besuchen, mein Junge; egal, wo sie dich nun hinkarren. Versprochen. Vater hätte deine Seele nie in Ruhe gelassen, selbst ohne Schläge. Allein schon durch sein Vorhandensein. Doch das ist ja Gottlob vorbei.«

»Ich nehme ein Stück von der Tapete mit, Mutter.«

»Ach was? Weißt du, ich habe mir über diese Tapete nach unserem letzten Gespräch so meine Gedanken gemacht, und bin somit deinem Rätsel auf die Spur gekommen. Später habe ich sie mir noch einmal genauer angesehen, während du geschlafen hast. Die Raufaser hat mir einiges erzählt. Nun habe auch ich ein Geheimnis – vielmehr zwei. Nur ... würde ich diese preisgeben, dann könnte ich dich samstags nicht mehr besuchen. Einer muss sich ja um dich kümmern, und Geld verdienen. Wir sind halt eine traumatisierte Familie und müssen auf ewig zusammenhalten.«

Warst du je hier, während ich schlief, Mutter? Wann denn? Gestern!

Du besitzt also noch einen Schlüssel. Ich habe dich nie im Leben an unserer Türe schellen hören, du standst jedes mal plötzlich in meinem Zimmer. Samstag für Samstag. Oh mein Gott.

Und nun ruft mich auch noch der Polizist. Ich muss gehen.

»Machs gut Mutter. Ich bin froh, dass ich nicht so hart bin, wie ich dachte. Und ich bin glücklich, wenn du mich besuchen kommst.«

»Das tue ich, mein Junge. Jetzt hol schon deine Tapete und mach dich schleunigst auf die Socken. Hier, nimm auch noch diesen Bleistift, denn vielleicht möchtest du mir mal etwas aufschreiben, da du eh kaum sprichst. Ich brauche ihn nicht mehr.«

***

>>HART ist allen misshandelten Kindern dieser Welt gewidmet. <<

Wer denn nun? (eine kleine Anekdote):

Die komplette Belegschaft macht es sich in der Mittagspause gemütlich und sie sitzen allesamt im Aufenthaltsraum:

11 Stühle. 11 Mitarbeiter.

Nummer 1: »Wie es hier wieder aussieht! Krümel am Tisch und Kaffeeränder überall, wo man nur hinguckt. Da sollte sich mal jemand an der eigenen Nase packen.«

Nummer 2: »Ob es bei demjenigen zu Hause auch so ausschaut?«

Nummer 3: »Da mag man ja gar nichts mehr Essen.«

Nummer 4: »Ist es denn so schwer, mal einen Lappen in die Hand zu nehmen?«

Nummer 5. »Mir ist dies schon öfter aufgefallen, wollte nur nichts sagen.«

Nummer 6: »Als ob demjenigen der Raum alleine gehören würde.«

Nummer 7: »Aufregen bringt nichts. Ihr seht ja, dass sich nichts ändert.«

Nummer 8: »Dem stimme ich zu. Verlorene Liebesmühe.«

Nummer 9: »Ich würde mich schämen, jedes Mal so einen Dreck zu hinterlassen.«

Nummer 10: »Manche denken eben nur an sich und an sonst niemanden.«

Nummer 11: »Meine Frau würde mich rauswerfen, bei solch schlechten Manieren.«

Die komplette Belegschaft verlässt kopfschüttelnd den Raum über so viel Dreistigkeit. Darüber waren sie sich allesamt einig. Copyright©JasonSante2013

Vorwort Hexenkessel:

Personen und Handlung dieses Short-Horror-Thrillers sind frei erfunden. Jegliche Ähnlichkeiten mit lebenden oder verstorbenen Personen wären zufällig und somit nicht beabsichtigt. Gleichfalls fiktiv sind auch die Schauplätze dieser Geschichte.

Verirrt:

Der Schnee kam nicht vom Himmel; nein – dieser rieselte von den Bäumen auf Mercedes herab. Das war nicht gut, das war gar nicht gut. Schließlich hatte man ihr eingebläut, als Zuwanderin die Wälder Norwegens mit gesunder Vorsicht zu genießen. Die Gefahr, sich zu verlaufen, war enorm; gerade für nicht Einheimische.

Natürlich hatte sie der Wettervorhersage gelauscht, und diese hatte keinerlei Neuschnee garantiert, allerdings einen frischen-beharrlichen Wind, der sich in den Abendstunden gebietsweise zu einem Orkan entwickeln könnte. Jener Wind schüttelte nunmehr die Wipfel der Bäume und befreite diese von ihrer anhaftenden Schneelast.

Dabei war ihr Plan so *Hänsel und Gretel-mäßig* genial. Mercedes hinterließ tiefe Fußstapfen im Schnee, die sie unversehrt und sicher zurück in das Dörfchen geleiten sollten. Sie wollte einfach kehrtmachen, nachdem ihre Wanderlust gestillt war.

Und nun? Alle Spuren waren bedeckt, als hätte man den Waldboden mit weiß gefärbtem Teer asphaltiert.

Eine 180° Drehung und schnurstracks zurück, dachte Mercedes. *Ob das klappt?*

Panik machte sich in ihr breit; wusste sie doch, dass sie herumgelaufen war wie ein Hase. Hier ein Haken, dort ein Richtungswechsel, dann wieder stramm geradeaus gehoppelt – stets mit Gottvertrauen und dem Wissen um ihre Fußspuren.

So schnell ändert sich ein Waldspaziergang zur mittleren Katastrophe, erwog sie. Zudem war die Zeit ihr größter Feind. Inzwischen dürfte es Mittag sein; und bereits in zwei Stunden wäre es vorbei mit dem ohnehin schon dämmrigen Tageslicht. Hier in Nord-Norwegen blieb es im Winter nur wenige Stunden hell. Darüber hinaus knackten die Temperaturen nicht selten die minus 20-Grad-Marke.

Da würden weder ihre gefütterten Moonboots, noch der Schneeanzug helfen – Kleidung, die Mercedes eigens für solche Wanderungen gekauft hatte. Sie war seit jeher ein wackeres Mädchen – und nun eine mutige junge Frau – doch allmählich bekam selbst sie es mit der Angst zu tun. Jeder Meter ihres Weges brachte keine sonderliche landschaftliche Veränderung mit sich. Der Wald schien gleichbleibend; auch das jämmerliche Ächzen der windgeplagten Äste tönte konstant gruselig durch die Dämmerung.

Was leben noch mal für Tiere hier? – sann sie. Eine Überlegung, die ihr vor einer Stunde noch keinerlei Kopfzerbrechen bereitete. Wildtiere sind scheue Wesen, so ihre Philosophie im Schutze der sicheren Zivilisation. An jener Weltanschauung festzuhalten war ein Leichtes, wenn man sich nahe den Dörfern wusste, und sich eines schnellen Rückzugs dorthin sicher war.

Doch inmitten des Waldes dachte Mercedes an Wölfe, Braunbären und Vielfraße. Obwohl die Ersteren wirklich gefährlich waren, fürchtete sich Mercedes doch eher vor einer Begegnung mit einem Vielfraß.

Die gibt es hier Gottlob so selten wie Braunbären, fiel ihr ein. *Und ich habe nichts Vernünftiges dabei, womit ich mich verteidigen könnte, sollte doch so ein Vieh auftauchen, um mich mit seinen scharfen- gelben Reißzähnen zu zerfetzen.*

Allein der Gedanke war schon unheimlich. Neben Vielfraßen gruselte sich Mercedes vor Seeleoparden und dem tasmanischen Teufel; Gattungen, denen sie niemals begegnen wollte. *Schlimmer wie ein Mückenschwarm.*

Gottlob hatte sie ihr Sturmfeuerzeug eingesteckt. *Eine zusätzliche Taschenlampe wäre wohl auch hilfreich gewesen, sollte*

42

ich nicht bald die Zivilisation erreichen. Oder eine Schreckschusspistole, tadelte sie sich, obgleich Mercedes nicht mal eine Solche besaß.

Mittlerweile stapfte Mercedes schon eine Dreiviertelstunde stur geradeaus. Immer wieder landete loser Schnee auf ihrer selbst gehäkelten Mongolenmütze; oder auf ihren Schultern. Dieser Umstand machte sie permanent wütend, obgleich die Bäume allmählich leer gefegt waren, von ihrer weißen Bürde.

Ja, Mercedes war wütend auf sich selbst. Sie hatte sich verlaufen, war gutgläubig und naiv in den Wald marschiert. Von mal zu mal wurde es dunkler, und schon bald würde sie nicht einmal die eigenen Hände vor Augen sehen.

Ich muss Geäst einsammeln, solange es noch ein wenig Tageslicht gibt, fiel ihr ein. *Ein Feuer machen, um zu sehen oder gesehen zu werden, und vor allem, um nicht zu erfrieren. Verdammter Mist! Hoffentlich schreckt so ein Feuer auch die hungrigen- blutrünstigen Vielfraße ab.*

Tatsächlich wurde sie rasch fündig. Der Wind hatte nicht nur Schnee zu Boden befördert, sondern auch kleine Ästchen der überwiegend mächtigen Fichten und Kiefern, von denen sie umgeben war. Dennoch, diese waren zwar gut zum Entfachen eines Feuers, aber für eine lang anhaltende- wohlige Wärme freilich viel zu dünn gestrickt. Rasend schnell würde das Zeugs verbrennen.

Neben den eher kahlen Baumstämmen gab es auch dicht bewachsenes- buschiges Dickicht. Dort könnte sie fündig werden. Die Zeit drängt ohnehin.

Nachdem Mercedes eine ordentliche Ansammlung von Nadelzweigen aufgeschichtet hatte, steuerte sie ein ebensolches Dickicht zu ihrer linken an, in der Hoffnung, dort auf beleibtere Äste zu stoßen. *Hoffentlich brennt das Zeug wenigstens, ist ja schließlich feucht wie ein benutzter Waschlappen,* bangte sie.

Es war beschwerlich, in jenes Wirrwarr aus Verästelungen einzudringen. *Hätte ich nur eine Busch-Machete mitgenommen,* dachte Mercedes, um sich auf ihre typisch- sarkastische Art ein wenig aufzulockern. *Aber ich bin ja nicht im Dschungel gelandet, sondern im hohen Norden. Wenigstens gibt's hier keine schwarzen Witwen und Anakondas. Brrr!* Schlagartig lief ihr ein kalter Schauer über den Rücken, obwohl Mercedes mittlerweile unter ihrem Schneeanzug schwitzte.

Mit beiden Händen – geschützt durch dicke Fäustlinge – grätschte sie Ast für Ast auseinander, um tiefer ins Dickicht zu gelangen.

Plötzlich vernahm sie ein gedehntes ´Ratsch´.

Mist! – das war der Anzug. Ich muss wohl irgendwo hängengeblieben sein. Schlecht, da kann die Kälte ungehindert eindringen.

Und wieder ´ratschte´ es. Ungeachtet dessen kämpfte sich Mercedes weiter ins Ungewisse; voller Hoffnung, auf Holz zu stoßen, obgleich sie von Bäumen umgeben war. Endlich sah sie einen brauchbaren Ast am Boden liegen.

Verflixt! Schwache Ausbeute, fluchte sie innerlich. *Wenn das so weitergeht, hängt mein Anzug in Fetzen an mir, und ich kehre mit einem einzigen Ast zurück. Na dann Mahlzeit, ihr norwegischen Vielfraße. Doch viel Fleisch hab ich nicht zu bieten.*

Das nächste ´Ratsch´ folgte, und gleich drauf vernahm sie ein ´Grunz-Gurgel-Geknurre´. Eine treffende Bezeichnung für jene Laute, welche das Tier von sich gab, während es sich an einem Kadaver – vermutlich ein totes Kaninchen – zu schaffen machte. Sie erkannte ihn schon an seinem braungescheckten und borstigem Fell.

Oh- oh. Du solltest doch eigentlich Scheu sein. Das Vieh ist bestimmt im Blutrausch. „Iih!", kreischte es aus ihrer Kehle, dabei wollte sich Mercedes eigentlich ruhig verhalten.

Der Vielfraß glotzte in ihre Richtung; seine Schnauze war besudelt mit Blut. Einzelne Stränge und Sehnen – herausgerissen aus dem Kadaver – hingen aus seinem Maul. Plötzlich fauchte der Marderabkömmling gar furchterregend.

Mercedes setzte sich schleunigst in Bewegung; panische Ängste trieben sie weiter ins Dickicht. Mit jeder Minute schwand das ohnehin schon spärliche Tageslicht. Den Ast hatte sie längst fallen gelassen, obwohl ihr dieser sicherlich als Waffe hätte nützlich sein können. Doch ihre Gedanken waren einzig auf Flucht programmiert, beim Anblick dieses auf barbarische Art und Weise fressenden Vielfraßes.

Nun überhörte sie absichtlich die unzähligen `Ratsch-Geräusche´, welche sie auf ihrer Flucht begleiteten, um die allmähliche Zersetzung ihres Schneeanzuges zu bestätigten.

Lieber Nackt und erfroren, als angezogen und verspeist, dachte sie und kämpfte sich immer tiefer ins Unterholz. Kleine Äste geiselten ihr ungeschütztes Gesicht. Mercedes leckte sich über die Lippen. Sie schmeckte etwas Warm-Metallisches. *Blut! Ich blute. Oh mein Gott. Das wird ihn anlocken, sobald er den Hasen vertilgt hat. Schließlich heißt das Vieh nicht umsonst Vielfraß. Ein beschissener Nimmersatt!*

Dennoch hielt sie kurz inne, um durchzuatmen. Trotz der vielfachen Risse in ihrer Kleidung herrschten unter dieser Temperaturen wie in einer finnischen Dampfsauna. *Wie passend,* fiel ihr ein, denn auch in Nord-Norwegen frönten die Einheimischen oftmals dem ausgiebigen Saunieren. Doch auf diesen Hitzeschub hätte Mercedes gerne verzichtet.

Ich muss etwas Trinken!

Hastig angelte sie ihre Mini-Thermoskanne aus der Seitentasche ihres Anzuges. Dieser Behälter fasste nur 0,35 Liter, dafür war er beinahe in jeder Tasche zu verstauen. Der Tee war bereits lauwarm. Sie trank ihn mit gierigen Schlucken, ohne sich etwas für später aufzusparen. Jetzt erst bemerkte Mercedes, wie kalt es inzwischen geworden war.

Mein Schweiß wird sich wie eine Eisschicht über meine Haut legen, wenn ich nicht rasch weitermarschiere, schätzte sie, verstaute die Kanne und stapfte hurtig weiter. *Zumindest beißt sich dann der Vielfraß seine Beißerzähne an mir aus. Lol.*

Sie musste die Stelle finden, an der sie die Zweige abgelegt hatte. Doch wie lange blieb ihr noch? Sämtliche Bäume und Sträucher waren nur noch als schemenhafte Schatten zu erkennen.

Wenn es sein muss, werde ich einen Waldbrand entfachen. Dann finden sie mich wenigstens, sann Mercedes in ihrer Not.

Statt den lichteren Wald zu erreichen, schien sich Mercedes immer tiefer ins Gestrüpp zu verirren. Wie weit war sie nun schon gelaufen, seit ihrer Begegnung mit dem Vielfraß? Ein paar hundert Meter, oder doch schon mehrere Kilometer? Sie hatte jedes Gespür für Entfernungen verloren.

Und plötzlich erkannte Mercedes querliegendes, mindestens zwei Meter hochgestapeltes Holz – noch dazu direkt vor ihrer Nase, folglich keine Sinnestäuschung. Zuerst dachte sie nämlich an eine Fata Morgana; an eine Halluzination; allerdings besann sie sich schnell eines Besseren. Schließlich befand sie sich in den Wäldern Norwegens, und nicht in der Wüste Gobi.

Mercedes grinste schelmisch unter ihrer Mongolenmütze hervor, als wäre sie grad eben Verrückt geworden. Sekunden später fing sie leise zu kichern an.

Es waren tatsächlich lange Rundholzbalken, die vor ihren Augen in die Höhe ragten. Am oberen Ende erkannte Mercedes eine begrünte- moosbewucherte Fläche. Eindeutig die Hälfte eines Daches.

So ungewöhnlich es auch war, sie stand vor einer Hütte, die eher an das Machwerk eines Trappers erinnerte, als an typisch norwegische Hüttenbauweise.

Unterschlupf! Mein Gott. Vielleicht wohnt hier sogar jemand?
Nachdem Mercedes ihre Lachmuskeln wieder unter Kontrolle hatte, machte sie sich daran, die Trapper-Hütte zu umrunden. Vielmehr tastete sie sich an den Außenwänden entlang, um die Eingangstüre zu finden. Mittlerweile war es dunkel geworden.

Bei meinem Glück ist die Türe gesichert mit einer Kette aus Chrom Vanadium mit dazugehörigem Vorhängeschloss, bangte sie. Sekunden später verharrte Mercedes auf der Stelle, und dachte, ein weit entferntes Fauchen zu vernehmen.

Und diesem folgte ein gellender Schrei. Menschlich; kehlig und furchterregend. Sogleich erklang ein kaum Hörbares, ihr aber bestens bekanntes ´*Grunz-Gurgel-Geknurre*´. Doch im Gegensatz zu vorhin hörte es sich nicht wie die Laute eines furchtlosen Raubtieres an.

Der Vielfraß! Etwas jagt ihm Angst ein; schreckliche Angst.

Irgendwer ist hier draußen. Ich bin nicht das einzige menschliche Wesen, allerdings das Einzige, welches sich verlaufen hat, welches unfreiwillig hier umhergeistert.

Eigentlich sollte ich mich bemerkbar machen, doch dieser Schrei verhieß nichts Gutes.

Also sei lieber ruhig, Mercedes. Sonst könntest du womöglich eine unschöne Begegnung haben.

Noch heute Nacht.

Waldmensch:

Wieder einmal galt es, sich auf seinen Instinkt zu verlassen. Und dieser sagte ihm, dass es sich bei jener Unbekannten um eine Hexe handeln musste.

Solch unheilbringende Wesen erkannte Peetu inzwischen aus dem Stegreif; genau genommen, seit er seine eigene Mutter nach deren Ableben – und auf ihren ausdrücklichen Wunsch hin – geköpft und anschließend den toten Leib vom Halse ab verspeist hatte. Jene geheimnissvolle Macht, welche seiner Gebärerin zu eigen war, vom Teufel Besessene zu identifizieren, war seitdem auf ihn übergegangen.

Somit konnte er sich selbst schützen, vor den Hexen, die nichts als Sünde in sich trugen.

Seinerzeit, als der hiesige Landarzt Dr. Nillson den heranwachsenden Peetu eröffnete, dessen greise Mutter sei dem Wahnsinn nahe und gehöre baldigst in eine psychiatrische Klinik eingewiesen, nahm Peetu diese an der Hand und floh mit ihr in die nördlichen Wälder, um sie vor solch einer Einrichtung zu bewahren.

Peetu war laut seiner Gebärerin eine Mistgeburt von biblischem Ausmaß – sie selbst bezeichnete sich zu Lebzeiten gar als Hure – und Peetu war vermutlich (aber nicht gewiss) das

Produkt zwischen ihr und seinem Onkel, von dem sie eine Woche lang gevögelt wurde. Peetus Andersartigkeit wurde durch seinen eigentlich finnischen Namen, auf den er einst getauft wurde, absichtlich herausgehoben. Handwerklich allerdings war Peetu geschickter als so manch gesunder Verstand. So kam es, dass er verschiedenste Verstecke und Hütten im Dickicht des Waldes erbaute, um stets aufs Neue unterzutauchen.

Zudem dienten diese Hütten auch zur Beseitigung der Hexen. Nun war es wieder so weit.

Welch anderes Weibsbild als eine Besessene würde sonst in den Tiefen des Waldes umherschleichen – noch dazu um diese Jahreszeit? Und Peetu wusste – und er wusste es genau, seine Mutter hatte es ihm schließlich ein Leben lang eingebläut – dass sich diese Frauenwesen früher oder später unzüchtig gebärden würden, um ihn, Peetu, mit geschickter Weiblichkeit an der Nase herumzuführen; um ihn, Peetu, die wahrhaftige Seele aus dem Leib zu vögeln, und nicht zuletzt, um ihn den sicheren Schoss seiner Mutter zu entreißen, schließlich lebte diese in Peetu weiter.

Sie selbst sei Räuberin hunderter – ach, tausender männlicher Seelen gewesen, habe jedoch durch Peetus Geburt Heilung erfahren, erzählte sie zu Lebzeiten. Seitdem existiere sie in Keuschheit und Reue; und gebe sich einzig ihren Sohn hin. Diese Einmaligkeit würde sich bei den anderen Hexen nicht wiederholen, da half nur deren Tod.

Und nun schlich erneut eine Besessene durch die Wälder.

Er musste nur ihren Spuren folgen. Allerdings ließ er sich aufhalten, vom herrlichen Duft frischen Blutes, dem er nicht zu widerstehen vermochte.

Das Mardervieh namens Vielfraß hatte Peetu zwar angefaucht, ihn aber dadurch noch wütender gemacht. Und einen chronisch Grollenden abermals zu erzürnen, war fatal. Mit Gebrüll stürmte er auf das Vieh los, dass reaktionsmäßig darauf keine Antwort wusste und begriffsstutzig stehenblieb.

Peetu versetzte dem Vieh einen Tritt mit dem Fuß, worauf der Vielfraß durch die Luft wirbelte und von einem Busch abgefangen wurde. Noch ehe Peetu den Vielfraß zu fassen bekam, machte sich dieser in bester Mardermanier geifernd aus dem Staub.

Peetu war gerade noch rechtzeitig gekommen. Die meisten Organe waren noch vorhanden; der Vielfraß wollte sich das schmackhafteste wohl bis zum Schluss aufsparen. Genüsslich vergrub Peetu sein Gesicht in der aufgerissenen Bauchhöhle des Kadavers. Zu seinem Glück war das Tier noch nicht gefroren; der Hase war wohl erst kürzlich gestorben.

Endlich fand er die Leber und riss sie mit den Zähnen heraus. Sie war noch glitschig, voller Schleim und Blutgefäße, so wie es Peetu liebte. Seinem blutgetränkten Schlund entwichen widerliche Schmatzgeräusche. Danach rülpste er genüsslich und wischte sich die Hände im Schnee sauber.

Freilich hätte er viel lieber weiter gespeist, doch zuviel Vorsprung wollte er der Hexe nicht lassen.

Und was war schon so ein angeknabbertes Kaninchen – ein Überbleibsel des hungrigen Marderbastards – gegen jene Köstlichkeiten, welche diese Unbekannte zu bieten hatte.

Es lag schon viel zu lange zurück, als er die letzte Unselige zerstückeln durfte.

Peetu versuchte sich angestrengt an deren Geschmack zu erinnern. Sie war dürr – nur wenig Fett haftete an ihr – und somit zäh, das wusste er noch. Anders als bei seiner Mutter kochte er das Fleisch dieser Hexe, um dessen ´Ledrigkeit´ entgegenzuwirken.

Wie mag wohl die neue Hexe beschaffen sein? – überlegte er. Diese trug dicke Kleidung; ihre Figur war darunter nur schwerlich abzuschätzen.

„Wir werden sehen", brummte Peetu und nahm erneut die Verfolgung auf.

Unterschlupf:

Endlich ertastete Mercedes eine Einbuchtung. Rasch stellte sie fest, dass es sich tatsächlich um eine Tür handeln könnte.

Wo ist der verdammte Knauf?

Doch sie fand nichts. Mercedes zog ihre Handschuhe aus und entzündete ihr Sturmfeuerzeug.

Ein Riegelschloss war am Türblatt angebracht, mit dem dazugehörigem Vorhängeschloss.

Natürlich. Ein Unglück jagt das nächste. Mist!

Obwohl es aussichtslos schien, trat sie mit dem rechten Fuß gegen das Türblatt. Und siehe da, das Holz war derart verfault, dass die Halterungen des Schlosses ausrissen und das Blatt nach innen aufschwang.

„Yippie Ya Yeah. Give me five!", jubelte Mercedes und klatschte sich selbst ab. Flugs bückte sie sich nach ihren Fäustlingen und trat ein, in die gute Stube.

Modergeruch beleidigte ihr Riechorgan. Sie ließ die Türe offen stehen, sodass der kalte Wind hier für ein wenig Ordnung sorgen könnte, was den schimmeligen Gestank betraf. Wiederrum entzündete Mercedes ihr Feuerzeug und bückte sich nach unten. Es kam ihr vor, als würde sie über grobes Gestein laufen. Völlig uneben.

Der Boden bestand jedoch aus ungehobeltem Rundholz in allen Variationen, welches bei jeder ihrer Bewegungen schauerlich knarzte und knackste. Ansonsten gab es in dem fensterlosen Raum nicht viel zu sehen. In einer Ecke erkannte Mercedes einen dreibeinigen Hocker.

Hocker? Falsch. Sie näherte sich dem seltsamen Gestell.

Tatsächlich handelte es sich um eine dreibeinige Metallkonstruktion mit einer runden Platte oben drauf. Eine merkwürdige Art von Ofen. Daneben stand doch wahrlich ein Topf mit einem ungewöhnlich großen Durchmesser. Darin hätte man locker fünf Suppenhühner auf einmal kochen können. Oberhalb der Platte war ein ausgehöhlter Baumstamm befestigt, der senkrecht zum Dach führte.

Das ist sicherlich der Rauchabzug, kombinierte Mercedes. Am Boden erkannte sie schon längst erkaltete Asche. Hier musste wohl mal ein Feuer gebrannt haben. An dieser Stelle befand sich auch kein Holzboden, sondern aneinandergereihte Steine.

„Hurra!", entfuhr es Mercedes, als sie das sauber geschlichtete Brennholz entdeckte – gestapelt an einer der fensterlosen Wände – inklusive Reisig zum Entfachen eines wohlig- warmen Feuers. Freilich hatte sie noch eben geschwitzt, unter ihrem dicken Schneeanzug. Doch die Kälte hielt Einzug; und schon bald würde diese ihre Glieder erreichen.

Mercedes packte ordentlich Reisig auf die Feuerstelle, schlichtete noch ein paar mittlere Scheite darauf und entzündete ihr Feuerzeug, um die Ästchen zu entflammen. Augenblicklich züngelten Flammen auf – die schönsten, welche Mercedes je gesehen hatte – und tanzten wild vor ihren faszinierten Augen.

Die Rettung. Trockenes Holz und Unterschlupf. Morgen werde ich schon wieder nach Hause finden. Alles wird gut.

Mercedes schloss die Türe, um den Wind Einhalt zu gebieten – um diesen rauen Gesellen seine Grenzen aufzuzeigen – schließlich war ihre Lage nun nicht mehr völlig aussichtslos. *Du tust mir heute nichts. Weder erfriere ich, noch verspeist mich ein Braunbär; oder der Vielfraß.*

Dieser beißende Modergeruch war nicht mehr vorhanden. Stattdessen duftete es nach Lagerfeuer, nach guten alten Zeiten. Diese seltsame Abluft funktionierte tatsächlich. Der Rauch zog zuverlässig ab, seine Aromen hingegen verweilten. Ihr Magen knurrte. Mercedes dachte an leckere Würstchen, die man übers Feuer halten könnte – aufgespießt an einem angespitzten Ast – um diese so einfach zubereitete Köstlichkeit im Anschluss zu genießen.

Mit Freunden, dachte sie wehmütig. Oft waren sie an so einer selbsterschaffenen Lagerstätte am stadtnahen Baggersee zusammen gesessen, hatten gegrillt, kaltes Bier getrunken und viel gelacht. Natürlich auch gegruselt, denn irgendjemand hatte stets eine spannende Geistergeschichte parat. Letztendlich wurden solche Wochenenden immer rarer. Mit ein Grund, warum Mercedes

Deutschland den Rücken gekehrt hatte. Dort fühlte sie sich nicht mehr sicher – ja, beinahe unwohl. Einmal wurden sie und ihre Freundinnen sogar angegriffen – beschimpft und belästigt, während solch einer nächtlichen Zusammenkunft. Vermehrt fanden am Baggersee Schlägereien statt, das Resultat zahlreicher Partys, mittendrin diverse *Aggro-Typen*, deren Zorn Mercedes beim genaueren Hinsehen sogar ein wenig verstehen konnte; waren sie doch geplagt von Zukunftsängsten – Arbeitslosigkeit einerseits, enormen Leistungsdruck andrerseits. Zu viele wütende Existenzen auf engsten Raum mit zu niedriger Hemmschwelle trieben sich vermehrt herum, um auf dem gesamten Gelände für Unruhe zu sorgen, und um Scherben – auch im materealistischem Sinne – zu hinterlassen.

Und nun? Alleine im norwegischen Wald. Ist das vielleicht sicherer?

Mercedes versuchte diese Gedanken zu vertreiben. Doch es gelang ihr nur schwerlich. Waldspaziergänge hatte sie auch in Deutschland unternommen – in letzter Zeit bewaffnet mit einer Dose Pfefferspray – und dort kannte sie wenigstens die örtlichen Begebenheiten.

Doch hier und heute hatte sie sich ordentlich verschätzt.

Echte Freunde hatte Mercedes hier noch keine gefunden. Wie auch? – schließlich war sie erst vor einer Woche angekommen.

Wer wird mich suchen, sollte ich wirklich das Dorf nicht mehr finden? Ich kenne ja kaum jemanden.

Dafür hatte Mercedes eine Arbeitsstelle in ihrem erlernten Beruf, als Arzthelferin. Ohne feste Jobzusage wäre sie nie ausgewandert. Ebenso wenig ohne erweiterte Sprachkenntnisse. Sie hatte die letzten Jahre so viel gebüffelt, dass eine Unterhaltung auf norwegisch problemlos vonstattenging. Und die Feinheiten kämen ganz wie von selbst, sagte sie sich.

Eine Woche blieb ihr noch, dann stand ihr erster Arbeitstag an. *Spätestens dann werden sie mich suchen. Was für ein Trost. Derweil bin ich verhungert, außer ich jage Schneehasen.*

Quatsch! Die sind so süß. Und außerdem bin ich spätestens morgen mittags zu Hause.

Zu Hause? Tja, das war nun hier, zumindest versuchte sie sich einzureden, es wäre so. Weit weg von *Good Old Germany*. Es tat Mercedes klar im Herzen weh, ihre eigentliche Heimat so rasch zerfallen zu sehen. Wie ein verletzter Elefant lag diese danieder – noch kraftvoll und ums Leben kämpfend – doch die Hyänen waren bereits vor Ort, zerrten und rissen erbarmungslos an dem sterbenden Riesen, bis dieser nichts mehr hergeben würde, was sein Leben noch erhalten könnte.

Sobald der Elefant skelettiert wäre, würden sich auch die Hyänen wieder verziehen.

Deutschland war in die *Europafalle* getappt, so lautete ihre Überzeugung. Seither lohnte sich harte Arbeit nicht mehr. Einige wenige sollten viele andere durchfüttern, ohne wenigstens Dank – etwa in Form einer anständigen Rente – dafür zu erfahren. Ganz im Gegenteil; Mercedes hatte das Gefühl, teilweise ausgelacht zu werden, weil sie selbst für ihren Lebensunterhalt sorgte.

In Norwegen sollte sich ihr persönliches Blatt wenden. Mercedes wollte hier keineswegs Nutznießerin, sondern Mitwirkende in einem gesunden Sozialsystem werden, um im Alter oder bei Krankheit das zu bekommen, was ihr zustand.

Doch nun galt es erst mal, diesen Spaziergang unbeschadet zu überstehen; zu überleben.

Mittlerweile war es wohlig warm hier in der Stube. Mercedes blickte sich um. Bis auf einen hölzernen Stuhl und das Brennholz entdeckte sie nichts von Belang.

Außer diesen Topf, der glänzte, wie frisch poliertes Silber. Mercedes konnte sich darin spiegeln, wenn auch verzerrt. Zumindest sah das gute Stück so sauber aus, dass sie sicherlich Schnee darin schmelzen könnte.

Vielleicht wurde ja dieser Riesentopf zu diesem Zweck hier abgestellt? Könnte eine Unterschlupf-Hütte für verirrte Wanderer sein. Doch warum im dichtesten Wald? Was war zuerst; die Hütte oder das Dickicht?

53

Sie stellte den Topf auf die Platte oberhalb der Dreifüße-Konstruktion. Anschließend entledigte sich Mercedes ihres Schneeanzuges, hängte diesen über die Lehne des Holzstuhles und schlüpfte wieder in ihre Moonboots. Danach schnappte sie sich ihre Mini-Thermoskanne und schritt ins Freie.

Die frostige Luft schmeichelte ihr, der stürmische Wind hingegen blies konstant unangenehm. Dennoch, noch fror Mercedes nicht. Doch lange würde dieser Zustand nicht andauern, folglich machte sie sich eiligst auf die Suche. Zudem könnte hier irgendwo ein Raubtier auf der Lauer liegen. Mithilfe ihres Feuerzeugs untersuchte Mercedes den Boden.

Hier hat noch kein Tier Pipi *gemacht. Reiner weißer Schnee – Trinkschnee.* Leider war dieser bereits ein wenig angefroren, doch mithilfe der Thermoskanne konnte sie diesen locker lockern. Schnell war das Gefäß gefüllt.

Mercedes lief hinein und schüttete das gefrorene Wasser in den Topf, was dieser mit einem Zischen honorierte. *Schon schön heiß,* freute sie sich. *Ich muss den Schnee zum Kochen bringen, wegen dem Bazillenzeugs.* Und flugs lief sie wieder hinaus, um die nächste Ladung zu holen.

Bei dieser Gelegenheit marschierte Mercedes zur Rückseite der Hütte und stapfte etwa zehn Meter tief in den umliegenden Wald hinein. Mit rudernden Armen tastete sie sich voran. Nun musste *sie* Pipi machen, deshalb hatte sie sich bereits vorausschauend ihres Schneeanzuges entledigt.

Mercedes schüttelte den Kopf über sich selbst. *Warum so weit entfernen, ich bin doch ganz alleine hier? Noch! Schön dumm, wenn nun ein Vielfraß hier auftaucht. Schnapp!*

Mercedes trieb sich zur Eile. Wenigsten hatte sie heute Morgen eine bequeme Stretch-Jeans angezogen, und auf einen ihrer geliebten Overalls verzichtet. Sie schob die Hose bis an die Knöchel hinunter, machte dasselbe mit ihren Höschen und fand mit der rechten Hand halt an einem Baumstamm, um das Gleichgewicht besser zu halten.

Wenn das Mal nicht gleich gefriert, dachte sie und ließ es laufen. Ihr Hintern schien schon gefroren, so kalt war Mercedes innerhalb der wenigen Sekunden geworden. Der warme Strahl bohrte ein Loch in den Schnee.

Äste knarzten unter der Kraft des Windes. Ansonsten war nur das leise Plätschern ihres Urinstrahls zu hören. *Hab ich heute so viel getrunken?*

Plötzlich knackste es, ganz in ihrer Nähe. Dann vernahm sie ein Rascheln.

Irgendetwas Lebendiges streifte durch die Dunkelheit.

Nahe, viel zu nahe.

Hexenjagd:

>*Sie kommen in den Wald, um dich zu reizen. Hexen nehmen liebend gerne so hässliche Kreaturen, wie du eine bist. Dabei gehörst du mir* <, lauschte Peetu der Stimme seiner Mutter, während er sich seinen Weg durchs Dickicht bahnte. >*Du musst sie töten… töten… TÖTEN! Sonst nehmen sie Besitz von deiner zerrütteten Seele. Hörst du, was deine Mutter sagt, Peetu?* <

Und wie er sie hörte. Beinahe besser als zu ihren Lebzeiten. Irgendwo da drin, in seinem ungesunden Kopf, existierte sie noch. Manchmal, wenn auch selten, gelang es ihm, die Stimme seiner Mutter abzustellen. Doch nicht heute Nacht. Wieder hatte es eine Hexe gewagt, nach ihm zu suchen. Nach Peetu zu suchen, um ihn zu verführen und ihn seiner Seele zu berauben.

Peetus Mutter würde solange auf ihn einreden, solange diese Hexe am Leben war.

Er meinte, die Besessene bereits zu wittern. Sollte er sie endlich einfangen, müsste er stumpfe Gewalt anwenden, von der ersten Sekunde an. Schließlich verfügten vom Teufel Besessene über dämonische Kräfte. Auch das wusste Peetu von seiner Mutter.

Peetu könnte es anstellen wie mit den Wildtieren; die Hexe an den Beinen packen und diese anschließend umherschleudern wie eine Karussellgondel. Schneller, immer schneller. Bis sie mit dem Schädel gegen einen Baum krachte. Das würde ihm schon gefallen.

Aber was wäre dann mit den Trophäen, welche er ihr aus dem Gesicht schneiden wollte? Zerschmettert!

Diese Hin- und Hergerissenheit machte ihn zornig.

Äste peitschten gegen seine Grimasse. Er ließ es geschehen, spürte keinen Schmerz hinter seiner ledernen- wettergegerbten Haut. Mal blieb er stehen, horchte in die Dunkelheit, doch nichts Außergewöhnliches war zu vernehmen. Jedes Geräusch, das nicht dem Wald und seinen Bewohnern entsprang, würde er sofort erkennen.

Peetu dachte kurz darüber nach, ob er denn die Hexe inzwischen verloren hatte. Nur wegen der Hasenleber! – wegen seiner Gier nach frischen Organen. Dies wäre unverzeihlich. Dennoch leckte er sich über die Lippen. Das anhaftende Blut des Tieres war längst gefroren, doch der Geschmack war noch vorhanden. Ein Eis aus Blut und Verderben. Aber was half ihm das, wenn er nun versagte?

Doch dann besann er sich jenen Worten, welche einst seine Mutter ausgesprochen hatte: „Sie wollen dich, daher streifen diese verfluchten Weibsbilder im Wald umher."

Sollte Peetu die Hexe nicht finden, dann würde diese zu ihm kommen; früher oder später.

Plötzlich hielt er inne. Büsche raschelten und Zweige knackten in der Ferne.

Ein aufgeschrecktes Rotwild? Ja, so hörte es sich an. Dann folgte der Klagelaut des ängstlichen Tieres. Peetus Gehör war äußerst feinsinnig.

Nur von wem aufgeschreckt?

Peetu lauschte weiter. Eigentlich sollten nun jagende Wölfe hecheln.

Nichts.

Er stapfte weiter. Obwohl es stockdunkel war, wusste Peetu ungefähr, wo er sich befand. Gleich müsste er auf eine seiner Hütten stoßen. In solch einer konnte er die letzte Hexe stellen.

Diese hatte sich entweder vor der Kälte verkrochen, oder sie hatte ihn dort absichtlich erwartet.

Zu einem klärenden Gespräch zwischen den beiden war es nicht mehr gekommen.

Kracks! Peetu knallte mit der Nase gegen etwas Hartes. Die Außenwand seiner Hütte! Blut und Rotz rann aus seiner erneut-gebrochenen Nase. Er blökte die Unterlippe, um ja keinen Tropfen davon zu verschwenden. Gierig saugte er ein, was seine Verletzung preisgab.

Dass er so rasend durch den Wald marschiert war, und der daraus resultierende Aufprall gegen die Außenwand könnte ihn verraten haben. Peetu war sich sicher, noch mindestens zwanzig Meter von der Hütte entfernt zu sein, bis er schließlich dagegen knallte.

Rasch entzündete er eine jener Fackeln, die neben Dolchen und einer Machete in seinem Gürtel steckten. Dieser Gürtel war nicht nur Peetus Munitionsgurt, er hielt auch seinen knielangen Pelzmantel zusammen. Darunter trug er lediglich nackte Haut, welche behaart war wie die eines Gorillas.

Nun galt es, schnell zu agieren. Mit weit ausladenden Schritten erreichte er die Vorderseite des Holzverschlages. Das Schloss war längst vom Türblatt abgefault und wurde lediglich von einer Schraube am herabfallen gehindert. *Oder hat sich jemand Zutritt verschafft?* – überlegte er. Die Türe stand einen Spalt breit offen.

Diese Schlösser waren ohnehin nicht effektiv, schon gar nicht gegen Hexen. Doch sobald diese Teufelsweiber eine seiner Hütten betraten, saßen sie in der Falle. Bereitliegendes Feuerholz und ein Stuhl ließ die Besessenen zuverlässig dort verweilen.

Mit seiner rechten Pranke gab er dem maroden Türblatt einen kräftigen Schubs und stürmte mit gefletschten Zähnen ins Innere.

Gleichzeitig zog Peetu einen spitzen Dolch aus einer seiner Gürtelscheiden.

„DREPE HEKSA!", schrie der Hybride auf.

***

Mercedes plumpste vor lauter Angst mit ihrem nackten Hintern in den Schnee. Stechende Schmerzen durchbohrten ihren Unterleib.

Panisch versuchte sie, ihre Hose hochzuziehen; jedoch vergebens. Allerdings ertastete Mercedes bei dieser Gelegenheit ihr Feuerzeug, das in der vorderen Hosentasche steckte. Sie hatte kaum noch Gefühl in den Fingern, als wäre ihr das Blut in den Adern gefroren. Endlich bekam sie es zu greifen.

Nur noch zünden. Doch dann sieht mich das Wesen, Monster… Tier… oder was auch immer. Egal, dieses Ding hat scheinbar keine Angst vor mir. Vielleicht fürchtet es sich vor Feuer.

Unmittelbar neben ihr begann diese unbekannte Kreatur, am Boden zu scharren.

Es spielt mit mir. Oder hebt Es *mein Grab aus?*

Der erste Versuch, ihr Feuerzeug zu entzünden, misslang. Viel zu wenig Kraft und Flexibilität steckte nunmehr in ihren tauben Fingern. *Was für ein Mist!*

Es schabte derweil unbeirrt weiter. Mercedes konnte es deutlich hören, der unbarmherzig kalte Wind trug es ihr direkt zu. *Wieso greift* Es *nicht an?*

Nun brenn schon!

Diesmal klappte es. Große- ungläubige Augen blickten sie an.

Schnellen Hufes preschte das Reh davon und stieß dabei seltsame Laute aus.

„Mein Gott, ein harmloses Reh. Und ich hätte mir beinahe in die Hose gemacht." Dabei fiel Mercedes ein, das sie dieselbe noch gar nicht hochgezogen hatte. Und gepinkelt hatte sie auch schon.

Hätte mir also schlecht in die Hose machen können.

Mercedes wärmte sich ihre Finger ein wenig an der Flamme, ehe sie sich hochrappelte, um ihre Jeans hochzuziehen.

Schnurstracks marschierte sie auf die Hütte zu.

Warum hat mich das Reh nicht gewittert? Der Wind, natürlich!

58

Als sie die Vorderseite erreichte, funkelte der Schnee vor dem Eingang golden. Das Feuer, welches sie im inneren der Hütte entfacht hatte, entließ ein paar Lichtstrahlen hinaus in die kalte Nacht.

Habe ich die Türe offen stehen lassen? Nein, sicher nicht. War wohl auch der Wind. Oder ein hungriger Vielfraß hat die Türe aufgeschoben, auf Suche nach Nahrung und einem warmen Plätzchen für die Nacht.

Bei diesem Gedanken erschauderte Mercedes.

Vorsichtig näherte sie sich; hielt dabei den Atem an.

Nun stand sie direkt vor der sperrangelweit geöffneten Eingangstüre.

Nichts zu sehen.

Schließlich wagte sie sich hinein.

Ein Schritt... zwei Schritte.

Dann schrie sie auf.

***

Peetu fuchtelte mit der Fackel umher, um seine Gegnerin zu verwirren.

Dann stach er zu; unbarmherzig.

Die Spitze des Dolches drang tief in ihr Fleisch ein.

Sie heulte auf, zappelte dabei wie ein Zitteraal.

Nachhaltig übte er Druck aus, bis nur noch der Griff aus ihren Bauch herausragte. Blitzartig zog er das todbringende Metall wieder aus ihrer Wunde und steckte den Dolch in die Gürtelscheide.

Nun lag sie seitlich am Boden.

Peetu bückte sich zu seinem Opfer hinunter, ergriff mit seinen vernarbten Pranken ihren Kopf, und drehte diesen ruckartig nach links, während er mit den Knien ihren wehrlosen Körper stabilisierte.

KNACKS! Sie war tot.

Es war ein kurzer- gnadenloser Kampf.

Peetu würde sie liegenlassen, sich später an ihren Eingeweiden weiden.

Er musste dazu nur die Türe irgendwie verriegeln, damit sich keine anderen Tiere an ihrem Kadaver laben konnten.

Und er sollte sich beeilen.

Irgendwo musste die Hexe ja sein.

Peetu ließ sein Opfer einfach liegen und trat ins Freie hinaus.

Schnell fand er einen stabilen Ast, welchen er zwischen das Türblatt und dem gefrorenen Boden einklemmte. Somit war der Zugang einigermaßen verschlossen...

... und die tote Wölfin in der Hütte sicher vor Aasfressern und Räubern der Nacht.

***

„Wie kann das möglich sein?", flüsterte Mercedes. „Was ist das nur für ein Scheiß-Material."

Zuerst dachte sie, es wäre jemand in die Hütte eingedrungen, als sie den Dreibeinofen erblickte. Jemand, der den Topf darauf entfernt hatte.

Allerdings war dieser zerschmolzen. Normalerweise müssten aber Spuren auf der Metallplatte vorhanden sein, und sich glühendes Metall im Feuer befinden. Doch nichts dergleichen. Etwa einen Meter neben der Feuerstelle lag der Topf – vielmehr die silbrige Pfütze, welche von dem Gefäß übrig geblieben war. *Unmöglich!*

Vielleicht eine Explosion, wegen der Hitze? Der Topf wurde durch die Luft gewirbelt und ist anschließend geschmolzen. Restwärme?

Irgendwie trotzdem Blödsinn.

Trinken musste sie aber. Doch dieses mal wollte sie nicht mehr die Umgebung um die Hütte absuchen, sondern bediente sich des Schnees direkt vor der Türe.

Dann musste halt ihre Minikanne als Kochtopf herhalten. Wenigstens war diese aus Aluminium.

Und wenn meine Kanne auch explodiert? Quatsch? Denk dir doch keine Schauermärchen aus. Für alles gibt es eine logische Erklärung, auch für den Pfützentopf. Chemie oder Physik, irgendetwas in diese Richtung. Da fliegt schon mal was in die Luft.

Seltsamerweise schien das geschmolzene Metall immer noch flüssig zu sein. Mercedes nahm eine Prise Schnee und streute es in den silbernen Pfannkuchen, als wäre der geschmolzene Topf eine Suppe, die sie nur noch abschmecken musste. Es zischte und brodelte.

Hitzkopf – Hitztopf, dachte sie, um sich ein wenig aufzuheitern. An ihrer momentanen Situation konnte Mercedes ohnehin nichts ändern. Da packte sie sich lieber den baufälligen Stuhl und setzte sich ans Feuer.

Mercedes fing an, ihre Bluse aufzuknöpfen. Ihr war zwar warm, doch dies war nicht der einzige Grund dafür. Anschließend entledigte sie sich noch ihres BHs, denn dieser bestand ebenso aus Baumwolle.

Ohne Büstenhalter und Bluse durch die Wälder zu marschieren, das wäre kein Problem, zumal Mercedes ja ihren Schneeanzug anziehen würde. Ihre Brüste hatten die Größe und Form einer Birne und waren straff – diese also würden auch zeitweise ohne BH auskommen. Doch Mercedes nicht ohne Licht. Feuer bedeutete Sicherheit und Wärme, für den morgigen Versuch, dem Wald zu entfliehen.

Natürlich besaß sie ihr Sturmfeuerzeug. Nur; dieses würde nicht ewig Brennen. *Rohstoffknappheit.* Mit dem Brennholz hier drinnen und mithilfe der Baumwolle fing sie nun an, Fackeln zu basteln.

Beinahe sah es so aus, als würde eine Frau am Kaminfeuer entspannen und Socken stricken. Allerdings stülpte Mercedes lediglich einen ihrer Strümpfe über einen Ast, zwecks eines Experimentes... *ob und wenn ja, dann wie lange und intensiv.* Mittlerweile war sie barfuß. In die Moonboots konnte sie auch mit nackten Füßen schlüpfen, ohne sich dabei die Fersen aufzuscheuern.

61

Mithilfe des Feuerzeugs – morgen hätte sie ja auch kein Lagerfeuer mit dabei auf ihrer Wanderschaft – entflammte Mercedes die erste, selbst gebastelte Fackel.

„HURRA!", rief sie aus. „Es funktioniert. Ein Hoch auf die Belesenen. Wir werden jedes Abenteuer überleben." Mercedes hatte erst vor wenigen Tagen ein Buch ausgelesen, in dem eine der Figuren in einer ägyptischen- unterirdischen Grabstätte gefangen gehalten wurde. Dort gab es zig Leichen, die herumlagen, und zu Lebzeiten wohl Baumwollkleidung trugen. Die Romanfigur fand Streichhölzer und baute sich Fackeln aus den Kleidern der Toten. Natürlich fand der Held einen geheimen Ausgang und wurde schließlich gerettet.

Beinahe wünschte sich Mercedes, selbst eine Romanfigur zu sein. Grotesk genug war die Situation, in der sie sich befand. Sie stellte sich vor, wie da ein Schriftsteller sitzen könnte, der sie erfunden hatte und nun ihren weiteren Weg bestimmte.

„Lass mich ja nicht hier im Wald erfrieren", mahnte sie ins nirgendwo und trank anschließend einen kleinen Schluck des inzwischen zu Wasser gewordenen Schnees. Ihre Kanne hatte gute Dienste geleistet.

„Und, lieber Autor; halte mir bitte die Vielfraße vom Leib", fügte sie noch hinzu.

Es war mühevoll, die Bluse in längliche Streifen zu zerreißen. Ohne die Knopflöcher hätte Mercedes nicht einmal einen Ansatz gehabt. Inzwischen hatte sie schon sechs Fackeln gefertigt. So wie es aussah, könnten es am Ende an die zwölf Stück werden.

Doch wie soll ich die alle tragen? Ich werde wohl ein paar hier lassen müssen. Sollte ich nicht nach Hause finden, und ich morgen von Wind und Schnee verschont bleiben, könnte ich meinen Fußstapfen wieder zurück zur Hütte folgen, folgerte Mercedes.

Zur Not könnte sie auch noch ihre Jeans, und in höchster Not ihr Höschen abfackeln.

*Besser, ich versuche jetzt auch eine der Blusenfackeln zu
entfachen. Beim Socken hat es funktioniert, aber...? Wenn ich
morgens unterwegs bin, ist es zu spät für solche Tests.*

Gesagt getan. Die Fackel brannte tadellos. Mercedes erhob
sich aus dem Stuhl und lief ein wenig umher.

Mal sehen, ob du gleich wieder erlischst. Nichts dergleichen
geschah.

Draußen tobte mittlerweile ein regelrechter Sturm. Die Türe
ächzte.

Mercedes wollte gerade etwas Holz vor dem Türblatt ablegen,
um dieses ein wenig zu stabilisieren, als ihre Zehen jählings zu
glühen begannen.

Sie schrie auf.

Im selben Moment wurde die Türe aufgerissen.

***

Gleich einem blutrünstigem Komodowaran, welcher Aas
gerochen hatte, kämpfte sich Peetu durchs Unterholz. Beharrlich
stieß er dabei Grunzgeräusche aus; ein Zeichen seiner unbändigen
Wut auf jene Hexe, die sich ihm einfach nicht zeigen wollte.

Selbst die Tiere schienen seinen sich steigernden Wahn zu
wittern; sämtliche Waldbewohner hielten sich ruhig in der
Dunkelheit, als könnten sie sich dadurch vor Peetu verbergen.
Dabei war diese missgebildete Kreatur längst Teil jener Fauna, in
welcher er seit Jahren Angst und Schrecken verbreitete. Nur die
Bären waren ihm an Gefährlichkeit noch gleichgestellt – allerdings
nicht in diesem Zustand der abartigsten Schlachtergedanken, die
Peetu nun verstärkt heimsuchten. Sein Penis war geschwollen und
zu einer Keule gewachsen, so sehr war er erregt.

Einzig der Wind wagte es, Peetu zu trotzen. Dagegen war
schwerlich anzukämpfen – da halfen keine Dolche und
Manneskraft. Trotz der dichten Bewaldung machten die inzwischen
orkanartigen Böen das Weiterkommen zur Tortur. Waren es

anfänglich noch einzelne Schneeverwehungen, lauerten diese inzwischen hinter jedem Baum.

Sein Kopf dröhnte, er litt unglaubliche Schmerzen. Dieses jedoch verursachte weniger der frostige Sturm, sondern vielmehr die fauchende Stimme seiner Mutter, welche seine Adern bis zum Zerbersten anschwellen ließ. >Töte sie… töte sie… sie ist eine HEXE; eine TEUFELIN…! <

„AAAHHH!", brüllte Peetu. Sein Schädel fühlte sich an, als würde dieser jeden Augenblick zerplatzen. Er musste Morden, seine Schmerzen übertragen, an das Weibsstück. Peetus Beine marschierten weiter, zuverlässig wie hydraulische Zylinder, die sich monoton und beharrlich kraftvoll bewegten, um den rachsüchtigen Körper, welchen sie schleppten, voranzubringen.

Niemals würde jene Maschinerie des Grauens zum Stillstand kommen, ehe diese nicht ihr schändliches- unglücksbringendes Ziel erreicht hatte. Peetu wünschte sich die kurzzeitige Begegnung mit einem Wildtier, um diesen Qualen zuzufügen; nur ein wenig weitergeben von dem, was ihn derzeit marterte.

Allerdings blieb eine Begegnung aus. Nichts, woran er sich erleichtern konnte.

Einzig weiter und immer weiter. Schon bald müsste er auf seine nächstgelegene Hütte stoßen.

„DU ENTKOMMST MIR NICHT!", schrie er in die Weiten des Waldes. „Ich möchte dich kauen, schmecken…"

Sperma rann aus seiner Eichel, wie zäher Honig.

Peetu bemerkte nichts davon.

Pfannkuchen und andere Verfolger:

Der Wind verfing sich in ihren Haaren und beförderte die blonde Mähne nach vorne, sodass ihre Sicht für Sekunden eingeschränkt war. Instinktiv wich Mercedes einen Schritt zurück und strich sich das Haar aus dem Gesicht. Ihre Zehen brannten fürchterlich. Noch einen Schritt zurück, dachte sie. Hindurch durch die Türe, welche der Sturm aufgerissen hatte.

Kalter Schnee schmeichelte ihren geröteten Zehen. Der silbrige Pfannkuchen schien sie zu verfolgen. Allerdings verharrte dieser an der Schwelle zur Freiheit, als befürchtete der ehemalige Topf, dass ihn der gefrorene Boden auskühlen könnte.

Fassungslos – immer noch mit der brennenden Fackel in der Hand – beobachtete Mercedes, wie sich die Pfütze wieder in Bewegung setzte. Mit beachtlicher Geschwindigkeit und wie von Zauberhand glitt der Pfannkuchen auf den Stuhl zu, auf dem Mercedes eben noch gesessen hatte.

Die Pfütze attackierte sogleich sämtliche Stuhlbeine, wie ein schnappender- kleinwüchsiger Hund, der nach jedem Biss erst mal zurückwich.

So hat dieser silberne Pfannkuchen meine Zehen verbrannt, schlussfolgerte Mercedes. *Scheinbar ist dieses Ding blind. Gütiger Himmel, was passiert hier nur?*

Kleine Rauchschwaden stiegen empor. Die Stuhlbeine waren bereits an den unteren Enden verkohlt. Die Pfütze war heiß wie Lava. Mercedes hatte es am eigenen Leib verspürt.

Und nun war sie hier draußen, barfuß und mit nacktem Oberkörper in der Kälte, was zwar ihren Zehen guttat, allerdings ausschließlich diesen. Sie fing an, auf der Stelle zu laufen. Ihre Brüste bewegten sich rhythmisch Auf und Ab.

Ich muss das Silbermonster abkühlen, fiel ihr ein. Mercedes bückte sich und begann, losen Schnee abzuschaben. Mit einer Bettlerhand voll des wertvollen Geschenkes aus *Frau Holles* Schmiede wagte sie sich wieder in die Hütte. Inzwischen lag die Pfütze bewegungslos an etwa der Stelle, wo Mercedes sie vor einer geschätzten Stunde vorgefunden hatte.

Zwischen Daumen und Zeigefinger hielt sie ihre Selfmade-Fackel eingeklemmt, für den Fall, dass sie gleich wieder ins Freie flüchten musste. Nun stand sie breitbeinig über dem Pfannkuchen und öffnete ihre zur Schale geformten Hände wie eine Baggerschaufel. Der Schnee rieselte gen Boden und landete direkt auf dem silbernen Tablett.

Es zischte und brodelte. *Mist! Viel zu wenig.*

Der stählerne Pfannkuchen schien auf die vorausgegangene Berieselung wütend zu reagieren und wabbelte wie eine gestrandete Qualle.

Er macht sich bereit zum Angriff.

Und schon schwebte das Silbermonster über den uneben Boden, als würden sich unter ihm hunderte- krabbelnde Ameisen verbergen. Nur knapp verfehlte das Ding ihren rechten Fuß.

Mercedes setzte sich in Bewegung, lief in die entgegengesetzte Richtung und erreichte die hinterste Ecke der Hütte. Noch ehe sie sich umdrehen konnte, um zu sehen, ob das Ding ihr nachstellte, vernahm sie ein Knacksen.

Gleich drauf splitterte Holz und Mercedes stürzte in die Dunkelheit.

***

Peetu griff nach seinem Dolch. Längst gefrorenes Wolfsblut haftete an dem kalten Metall.

Jemand befand sich in seiner Hütte. Die Türe stand offen und drinnen flackerte der Schein eines Feuers.

Die Hexe! Sie war in die Falle getappt. Scheinbar barg gerade dieser Bretterverschlag etwas Böses in sich, denn es war jene Hütte, in welcher er seinerzeit auch die andere Hexe vorfand.

Dabei waren die meisten Unterschlupfe beinahe identisch. Gebaut aus Holz und gestohlenen Materialien aus den umliegenden Bauernhöfen.

Noch gute zehn Meter, dann hätte Peetu sein Ziel endlich erreicht. In der Hütte würde ihn Erlösung empfangen; Erlösung von seinen Qualen, welche er zu ertragen nicht mehr länger gewillt war. Qualen, die er an das Teufelsweib weitergeben würde.

Unbarmherzig!

***

66

Ein bohrender Schmerz machte sich in ihrem linken Oberschenkel bemerkbar.

Mercedes wagte es nicht, ihre erlittene Verletzung zu begutachten. Noch nicht! – denn was blieb ihr auf lange Sicht schon anderes übrig.

Sie lag rücklings auf dem Boden. Oberhalb erkannte sie spärliches Licht und die Reste einer zertrümmerten Falltüre, durch die sie gerade hindurchgebrochen war. Neben Mercedes lag die Fackel. Noch immer brannte diese.

Markenklamotten halten eben länger, schoss ihr durch den Kopf.

Sie griff nach der Fackel, setzte sich auf und renkte den Hals nach hinten. Eine sicherlich selbstgezimmerte Leiter führte nach unten – oder in ihrem Fall, nunmehr nach oben. An dieser war sie wohl entlanggeschrammt, was sicherlich ihren Schwung bremste und den Aufprall abmilderte. Allerdings konnte Mercedes ihre Schürfwunden am Rücken zwar nicht sehen, aber deutlich spüren. Dort mussten jede Menge fieser Holzspreißel feststecken.

Wahrscheinlich sehe ich von hinten aus wie ein Igel.

Aber zumindest lebe ich noch.

Sei froh, dass du nicht bäuchlings an der Leiter entlang gerutscht bist, beruhigte sie sich und betrachtete dabei ihre Brüste. Um die steil aufgerichteten Nippel erkannte sie Gänsehaut; hier unten war es eiskalt. Zudem roch es ziemlich scharf; beinahe beißend.

„Zeit, meinen Verletzungen ins Auge zu sehen", sagte Mercedes zu sich selbst. Es sollte scherzhaft klingen; ein missratener Versuch, ihre Angst zu überspielen. Das war einfach zuviel für ein normal denkendes Gehirn. Erst hatte sie sich verirrt, dann die Begegnung mit dem Vielfraß – was ihr mittlerweile lächerlich harmlos vorkam – und nicht zu vergessen, das silberne Pfannkuchen-Monster. Und zu guter Letzt gelandet in einer versteckten Grube. Verletzt und halb nackt.

Endlich raffte sie sich auf, zur genaueren Begutachtung ihres Oberschenkels. Ein fingerdickes Stück Holz hatte sich durch den

67

Jeansstoff, und anschließend unter ihre Haut gebohrt. Vorsichtig weitete Mercedes den Riss in ihrer Hose.

Die Haut, unter der das Holz steckte, war rötlich- blau angelaufen und erinnerte an eine daumendicke Krampfader. Das hintere Ende des Astes ragte noch heraus.

Mist! Was mach ich nur. Herausziehen? Panisch richtete sie sich auf, was höllische Schmerzen auslöste. Ihr Bein beruhigte sich erst wieder, als Mercedes grade stand. Sie machte zwei Schritte nach vorne. Das klappte, solange sie dabei ihr Knie nur leicht anwinkelte.

„Ich werde morgen durch den Wald laufen wie ein Roboter. Nur, wie komme ich diese verdammte Leiter wieder hoch? Und dort oben lauert der Pfannkuchen. Ich könnte nicht einmal vernünftig fliehen. Ach du meine Güte. Ich muss den Ast entfernen. Dabei sollte man so etwas nicht tun, glaube ich. Kacke! Machs einfach! Schließlich steckt kein Eisenrohr in deinem Hals."

Derart ermutigt warf sie die Fackel auf den Boden und bereitete sich innerlich auf das Unvermeidliche vor.

Mercedes schloss ihre Augen und umklammerte das gut drei Zentimeter lange Astende, welches noch aus ihrem Oberschenkel ragte. Sie versuchte sich vorzustellen, dies alles wäre nur ein Albtraum, aus dem sie gleich erwachen würde. Und dann zog Mercedes. Ruckartig – Todesmutig – Verzweifelt.

„AAAHHH!", brüllte sie auf. „Au-au-au. Heilige Margareta; Patronin für erlittene Wunden, bitte hilf! Ich glaub, ich spinne. Hat das vielleicht wehgetan!"

Ungläubig betrachtete sie das blutige Stück Holz. Ein etwa zwölf Zentimeter langer und enorm spitz zulaufender Ast. Auch hier unten war der Boden mit unbehandelten Rundlingen ausgelegt. Manche waren noch mit Zweigen behaftet, und auf so einem Teil musste sie gelandet sein. Und tatsächlich, unter ihren Füßen erkannte Mercedes die frische Bruchstelle an einem Rundholz, welchem dieser fiese Dorn wahrscheinlich entwachsen war.

Sie steckte den blutigen Ast in ihre hinter Hosentasche, um diesen eventuell im Krankenhaus vorzuzeigen. *Wenn ich je eines erreiche,* fiel ihr ein.

Anschließend setzte sich Mercedes vorsichtig auf den Boden und fing an, ihre Stretch-Jeans hochzustülpen, als wolle sie einen Strandspaziergang machen. Inzwischen war der Schmerz ein wenig abgeebbt, aber das Blut strömte nur so aus der erlittenen Wunde. Sie stülpte unbeirrt weiter, Lage für Lage, bis der inzwischen daumendicke Wulst direkt über der Verletzung lag. Die Stretch-Jeans übernahm die Rolle eines Druckverbandes – und das gar nicht mal so schlecht, wie Mercedes fand.

Sie wiederholte das *Gestülpe* am anderen Bein – ihrer unverletzten Seite – und so mutete es an, als wäre die Jeans eine Short. Mercedes schüttelte den Kopf über sich selbst.

Modebewusst? Ha! Was für ein Irrsinn!

Dann nahm sie die Fackel wieder an sich und hievte sich mithilfe der Leiter in die Höhe. *Der Boden ist so feucht, der fängt nicht mal Feuer. Meinen verbrannten Zehen tuts wenigstens gut,* dachte sie und fing an, sich in dem dunklen Loch umzusehen.

Kaum zu glauben. Direkt vor ihr stand ein Regal, dessen Erbauer entweder dauerbesoffen oder völlig unbegabt war, so schief und wackelig schien diese Konstruktion.

Mercedes grinste übers ganze Gesicht. *Rettung!*

Sie trat einen Schritt näher.

Gleich drauf kreischte sie.

***

Vorsichtig schlich er sich an. Noch zwei Meter, noch einen.

Sodann verharrte Peetu und horchte. Alles schien ruhig. Doch sie war hier! Seine Kopfschmerzen hatten etwas nachgelassen, ein ganz klein wenig. Und er hatte ihren Schreien gelauscht.

Zweimal hintereinander. Zuerst schmerzerfüllt, dann etwa fünf Minuten Pause, und schließlich folgte ein Entsetzensschrei aus der Kehle dieser Hexe.

69

Sie war gefangen; ausnahmslos. Daher ließ er gegen seine Gewohnheit noch ein wenig Zeit verstreichen. Keine ungestümen Fehler machen. Peetu wusste nicht, was die Hexe trieb, was sie zu den Aufschreien animiert hatte. Es könnte gefährlich sein, obgleich ihn beide Laute amüsierten – ja, erregten. Noch immer ragte Peetus massiger Penis unterhalb seines Gürtels empor – der Pelzmantel einen unfreiwilligen Spalt breit geöffnet – als wolle sein praller Schwanz sich einreihen, zwischen den Fackeln und den Dolchen, welche im Gurt steckten.

Unaufhörlich tropfte zähes- unfruchtbares Sperma aus seiner Eichel, lediglich bei den Schreien der Hexe ergoss sich Peetu in heftigsten Schüben.

Sicherlich waren inzwischen weitere fünf Minuten vergangen, in denen nichts passiert war. Unvermittelt vernahm er erneut ihr Kreischen; gepaart mit Flüchen, worauf sein Schwanz augenblicklich zu pulsieren begann. Etwas schepperte, hektische Geräusche.

Gewiss hatte sich auch hier ein Wolf hinein verirrt, der eben versuchte, die Hexe zu reißen. Diesem durfte Peetu das Teufelsweib keinesfalls überlassen.

Sein Kopf; die unsäglichen Schmerzen.

>*Töte sie… TÖTE SIE!* <

Peetu trat über die Schwelle.

***

Fälschlicherweise dachte Mercedes zuerst an Eingewecktes – Früchte, Obst oder Ähnliches. Eine Vorratskammer für verirrte Wanderer.

Löste ihr erster- verschwommener Blick noch Hoffnung aus, so übermannte Mercedes beim genaueren Hinsehen das nackte Grauen.

In einem der mit klarer Flüssigkeit gefüllten Gläser schwammen Augäpfel, in einem anderen erkannte Mercedes

Ohren; menschliche Ohren. Ein drittes beinhaltete einen fleischig-undefinierbaren Klumpen.

In der untersten Reihe des Regals glotzte ein Schrumpfkopf in ihre Richtung. Gräulich- wallendes Haar spross aus der Schädeldecke des Mumienkopfes. Die Fratze besaß noch beide Ohren. Folglich mussten die eingeweckten Körperteile von jemand anderen stammen.

Es schien, als würde sie der Schrumpfkopf – vermutlich das Haupt einer Greisin – hämisch angrinsen.

Oder sie fand es amüsant, als Dörrschädel zu enden.

Das Regal des Grauens! Ich muss schnellstens hier verschwinden! Das ist das Werk eines Irren.

Mercedes drehte sich um, ignorierte ihre pochende Wunde und humpelte rasch zum Fuße der Leiter. Dann fiel ihr der geschmolzene Topf wieder ein. Es galt, vorsichtig zu sein. Schließlich war sie verletzt, und somit in ihrer Bewegungs- und Fluchtfreiheit eingeschränkt; zudem musste sie sich noch anziehen – was mit den Holzschiefern in ihrem Rücken eine zusätzliche Herausforderung darstellen würde – und die Fackeln einsammeln.

Gerade als sie die erste Sprosse erklimmen wollte, tauchte der silberne Pfannenkuchen am Rande der Luke auf. Er schien nach ihr Ausschau zu halten. Ein Viertel der flüssigen Masse hing wie ein übergroßer- zäher Harztropfen in die Tiefe.

Mein Gott; gleich macht es Plopp und das Ding wird zu meiner neuen Kopfbedeckung.

Ihr fiel der Schrumpfkopf ein und Mercedes bekam Gänsehaut. So ähnlich könnte sie auch aussehen, sollte sich das Ding wie eine überhitzte Trockenhaube über ihr Haupt legen.

Mercedes wich zurück und dachte: *Kann es mich sehen… oder wägt es ab, wie kalt der Boden hier sein mag? Vielleicht erstarrt es, wenn es herunterfällt.*

>Flatsch! <

Schon war es passiert. Der silberne Pfannenkuchen landete in der Kammer des Schreckens. Doch statt auf den feuchtkalten

71

Hölzern zu gerinnen, schwebte das Ding über den Boden, als wäre es ein Ufo.

Es hielt direkt auf sie zu. *Mist!*

Mercedes ging rückwärts, um den Pfannkuchen nicht aus den Augen zu verlieren. Plötzlich fing dieser an, seine Geschwindigkeit zu erhöhen. Statt stur geradeaus zu wabbeln, begann die Pfütze einen Zick-Zack-Kurs zu bestreiten, gleich einer Billardkugel, die von einer Bande zur anderen geschleudert wurde, und sich dennoch stetig nach vorne bewegte. Doch der Pfannkuchen wurde – anders als die Billardkugel, vielmehr wie jene eines Flippers – immer schneller, statt sich langsam auszupendeln.

Zum darüber hinweg springen sah sich Mercedes nicht in der Lage. Sollte ihre nunmehr einigermaßen erträgliche Verletzung dadurch aufs Neue gereizt werden, könnte dies zur Folge haben, dass sie nach der Landung auf den unebenen Rundhölzern außerstande wäre, zur Leiter zu humpeln.

Mercedes sah sich schon am Boden liegend, gekrümmt vor Schmerzen und sich den Oberschenkel haltend. Anschließend würde der wildgewordene Pfannkuchen nach und nach ihre Haut grillen, als wäre diese ein Hacksteak. *Bitte Scharf anbraten und ordentlich Röstzwiebel dazu!*

Abermals wich sie einen Schritt zurück. Es war allerdings der Letztmögliche, das Regal des Grauens klebte ihr am Rücken. Mercedes ließ die Fackel fallen und tastete mit ihren Händen nach den Einweckgläsern. Vielleicht wäre die sicherlich kalte Flüssigkeit, in welcher die Körperteile eingelegt waren, ihre Rettung.

Endlich bekam Mercedes eines der Gläser zu fassen. Willkürlich griff sie zu. Der Pfannkuchen war noch höchstens einen Meter von ihr entfernt. Sogleich würde er ihre Füße rösten. Es handelte sich um jenes Glas, in dem diese gruselige Fleischmasse umhertrieb. *Egal.*

Mercedes versuchte sich zu konzentrieren, holte aus, um ihre `Waffe´ im richtigen Moment inmitten des Pfannenkuchens zu schleudern. Doch der war flink und ungestüm. Die Chancen für einen Volltreffer standen denkbar schlecht.

Bitte, lieber Gott, wenn es dich gibt, lass mich das Ding treffen, denn gleich fackelt es mich ab. Hilf mir!

Und er/es; oder was auch immer, half. Die Fackel war zwar quer vor ihren Füßen zum liegen gekommen – der Pfannkuchen hätte diese elegant umsegeln können – allerdings schien dieser Hindernisse kurz vor einem direkten Aufprall zu bemerken. Abrupt stoppte er seine von `Wand zu Wand´ und beharrlich nach vorne ´Umher-Schweberei´, um jenes, ihm unbekanntes Hindernis zu mustern. Nur zwei Zentimeter trennten Flamme und Pfütze.

Jäh griff der Pfannkuchen die Fackel an.

Extrem heiß gegen heiß.

Dies schien den Pfannkuchen zu verwirren, er wabbelte auf der Stelle und bildete in der Mitte eine riesige- augenförmige Hitzeblase, als wolle er sich aufpludern – *oder dumm glotzen?* Dann umhüllte er die Flamme für einen Augenblick und wich schlagartig zurück.

Die Fackel verlor den ungleichen Kampf – ihre Flamme erlosch. Dennoch wurde es nicht dunkel. Ein seltsam- milchiges Licht erstrahlte, so, als würde eine verlorene Seele hier unten herumspuken.

Mercedes sah nun ihre einzige Chance gekommen und warf das Einweckglas mitten ins blasige Auge des silbrigen Pfannkuchen-Zyklons.

Volltreffer! Klirrend brach das Glas entzwei und gab die Flüssigkeit frei. Scharfer Spiritusgestank erfüllte den Raum. Jener seltsame Fleischbatzen blieb in der metallernen Lache liegen. Der Pfannkuchen brodelte; aus einer Blase wurden zig kleinere. Nun fing dieses grässliche Fleischstück an, sich zu bewegen. Es ritt auf den blubbernden Blasen, wie ein Surfer auf den Wellen inmitten des hawaiianischen Meeres.

Ungläubig und starr vor Schreck beobachtete Mercedes das seltsame Treiben, statt zu fliehen. Das Ding veränderte seine Form. Die Blasen verschwanden, das Blubbern ebbte ab. Scheinbar war der Fleischbrocken nun dort, wo der Pfannkuchen ihn haben wollte.

73

Aus Mercedes Richtung lag dieser im unteren Viertel. Und plötzlich veränderte der Pfannkuchen seine Form. Unterhalb des Fleisches bildete sich eine Halbinsel, oberhalb ein markantes-unverkennbares Abbild.

Mein Gott! Was für eine widerliche Fratze? Ein Totenschädel. Das ist doch alles nicht möglich.

„Igitt!", schrie sie ins nirgendwo, während der Fleischbrocken zu zucken begann. Urplötzlich erkannte Mercedes, um was es sich bei dieser ekeligen, von pilzigen Fäden umschlossenen Masse handelte.

Eine Zunge, und sie leckt über Lippen, wo keine sind.

„MÖRDER!", krächzte der Pfannkuchen. Er hatte seine Stimme wieder erlangt. „MÖRDER! BEGRABE MICH WENIGSTENS; ODER ICH TÖTE DICH!"

„Was oder wer auch immer du bist, ich bin nicht dein Mörder!", schrie Mercedes und humpelte vorwärts. *Nur raus hier!*

Das Ding flitzte los, erwischte Mercedes an der Ferse. Es brannte wie Hölle. Sie schrie um Hilfe, machte Bewegungen wie beim Wassertreten, obgleich der bohrende Schmerz, mit dem ihr verletzter Oberschenkel dieses Tun bestrafte, kaum erträglich war.

Plötzlich vernahm sie schwere Schritte, direkt über ihrem Haupt. Jemand musste in der Hütte sein.

„HILFE! ICH BIN HIER UNTEN!", plärrte sie in ihrer Verzweiflung.

Aufeinandertreffen:

Gleich einem Ninja landete der Mann sicher auf beiden Beinen, trotz des holprigen Bodens. Er musste direkt von oben in die Grube gesprungen sein.

Allerdings war diese sichere Landung auch schon alles, was er mit diesen asiatischen Partisanenkämpfern gemein hatte – außer jene Tatsache, dass Ninjas auch als Meuchelmörder zugange waren. Von diesem Wesen – vermutlich ein Waldmensch, ein

Herumtreiber – der oder das nun vor ihr stand, konnte sie keinerlei Hilfe erwarten.

Im Mund des Mannes lag ein blutiger Dolch, der von kräftigen Zähnen gehalten wurde. Wässrig- graue Augen starrten Mercedes an, musterten sie. Plötzlich spuckte das Waldmonster den Dolch aus und fing ihn zielsicher mit der rechten Hand auf. Blutiger Speichel bahnte sich den Weg über sein unrasiertes Kinn. Mitten auf der Stirn, kaum verdeckt von den Büscheln an verfilzten Haarschöpfen, die aus seinem Schädel wucherten, ragte eine golfballdicke Warze empor, aus der gelblicher Eiter rann und zu Boden tropfte.

Natürlich ist dieses Individuum ein wildgewordener Waldmensch, wer sieht denn sonst so furchterregend aus? – wurde Mercedes schmerzlich bewusst. *Sicherlich ist dieses Monster auf zwei Beinen auch Besitzer dieser Hütte – und Urheber, vielmehr Ausheber von der Grube, in der wir uns gerade befinden; in der ich nun sterben werde.*

Mercedes wagte es nicht, den Waldmenschen direkt in die Augen zu sehen. So etwas sollte man bei einem wilden Tier tunlichst unterlassen, glaubte sie zu wissen. Vielmehr ließ sie ihren Blick nach unten schweifen, von seinem blutverschmierten Kinn hinab über das pelzige Flickwerk aus allerlei Getier, welches seinen Oberkörper notdürftig bedeckte, bis hin zum Gürtel, unter dem dieser seltsame Mantel einen Spalt breit offen stand, um einen unnatürlich großen und steil emporragenden Penis zu entblößen. Anhaftende Fäden an Sperma zogen sich vor ihren Augen in die Länge.

Rasch bedeckte Mercedes ihre Brüste mit den Handflächen. Sie erwartete jeden Augenblick einen Angriff des Waldmonsters – *oder des Pfannkuchens.* Dieser hatte seit der Landung des Waldmenschen hier unten weder etwas verlauten lassen, noch eine weitere Attacke gestartet.

Er spürt wohl die Gefahr, welche von dem Waldmonster ausgeht. Mercedes blickte sich kurz um, um nicht ausversehen in die Pfütze zu treten. Sie erspähte den Pfannkuchen, der still

75

verharrte und etwas im Abseits kauerte, und machte einen weiteren Schritt nach hinten. Nun galt es, nicht in die Scherben des Einwegglases zu treten, fiel ihr ein und sie tätigte einen Ausfallschritt nach rechts.

Der Waldmensch knurrte. Er schien sich aber momentan mehr für den Pfannkuchen zu interessieren. Mercedes setzte ihre Rückwärtstour fort, stolperte unglücklich und knallte mit ihrem holzbespickten Rücken gegen das Regal. *Rumms!* Zu guter Letzt plumpste sie noch auf ihren Allerwertesten.

Etwas fiel aus dem Regal.

Neben ihr kullerte der Schrumpfkopf in eine Rinne zwischen zwei Rundhölzern.

„MUTTER!", schrie der Waldmensch und stapfte auf Mercedes zu.

Oh mein Gott! Hält er mich für seine Mama? Nein, eher den Dörrschädel.

Unmittelbar vor ihr ließ er sich auf die Knie fallen und holte aus. Mercedes versuchte ihre Beine anzuziehen, was ihr teilweise auch gelang. Die Spitze des Dolches bohrte sich dennoch in ihre Wade. Wie ein plötzlicher Haken von *Mike Tyson* kam der Schmerz in ihrem Gehirn an. Mercedes kreischte auf. Dagegen war der Ast in ihrem Oberschenkel pure Gnade gewesen, obwohl diese erstere Verletzung auch nicht von schlechten Eltern war.

Das Waldmonster ließ es bei dieser einen Attacke bleiben – *wohl vorerst?* – und erhob sich. Sein Penis zuckte und spritzte in kräftigen Schüben Fontänen an Samenflüssigkeit aus. Mercedes biss die Zähne zusammen, und drehte sich zur Seite, um nichts abzubekommen; und, um ihr verletztes Bein zu umklammern.

Scheiße! Das erregt ihn auch noch, aber wie. Mann, geht dieses Tier vielleicht ab. Er wird mich zerstückeln. Das ist wie Sex für diesen Wilden.

Durchhalten. Du musst kämpfen. Gib nicht auf.

Mercedes machte eine Rolle seitwärts, schrie erneut vor Schmerz auf – der Dolch steckte immer noch in ihrer Wade, die Spitze ragte am anderen Ende heraus; wäre es eine Patrone

76

gewesen, ein glatter Durchschuss – und schnappte sich die erloschene Fackel. Das Waldmonster war derweil mit dem Schrumpfkopf beschäftigt – ganz sicher ein Überbleibsel seiner Mutter – und hielt diesen am Haarschopf, sodass der Dörrschädel direkt vor dem Gesicht des Waldmenschen baumelte.

Mercedes fing zu Würgen an, während das Waldmonster seine Zunge in den toten Schlund des Schrumpfkopfes steckte.

Er gibt seiner toten Mama einen Zungenkuss!

Urplötzlich wurde auch eine andere Zunge wieder lebendig.

„MÖRDER! IN DIESEM TOPF, DER ICH NUN BIN, HAST DU MICH GEKOCHT. NUN BEGRAB MICH AUCH!", rief der Pfannkuchen und bewegte sich auf Mercedes zu.

***

„Dort ist dein Mörder!", schrie Mercedes, deutete auf das Waldmonster und versuchte aufzustehen. Keine Chance, ihre Verletzung ließ es nicht zu.

Der Pfannkuchen hielt an, obwohl Mercedes sicher war, dass er sie nicht hören konnte. Wahrscheinlich hatte er erneut die Anwesenheit eines zweiten Lebewesens, ja, eines wahrhaftigen Tieres gespürt. Derweil legte der Waldmensch den Kopf seiner Mutter behutsam am Boden ab und balancierte diesen aus, mit dem Gesicht voran gen Mercedes – vielleicht sollte der Schrumpfkopf als Zuschauer fungieren – und brüllte so laut, dass Lehm von der Decke bröckelte.

„ICH TÖTE DIE HEXE! MUTTER, ICH TÖTE SIE!" Alsdann setzte er sich in Bewegung und packte Mercedes ähnlich am Schopf, wie er es gerade mit dem Dörrschädel getan hatte. Freilich verspürte dieser keine Qualen mehr, Mercedes allerdings.

Mit der Fackel schlug sie wild gegen die Hände, die sie eben gepackt hatten und nun unbarmherzig an ihren Haaren zerrten.

„Lass mich los, du Monster!", schrie Mercedes ihren Peiniger an.

„Du hast sie zum Leben erweckt", grunzte dieser und bückte sich zu ihr herab. Tropfen von blutigem Speichel trafen sie mitten im Gesicht. Wenigstens hatte er damit aufgehört, an ihren Haaren zu reißen.

„Deine Mutter ist tot. Sie lebt doch gar nicht mehr", versuchte Mercedes den Irren zu überzeugen; ihn zu besänftigen.

„Mutter lebt in meinem Kopf", antwortete der Waldmensch und erhob sich währenddessen. Sein Penis war nun direkt vor Mercedes Gesicht. Noch immer rann Sperma aus der rotgeschwollenen Eichel und tropfte auf ihre Waden. Das Waldmonster renkte den Hals nach hinten, deutete auf die Pfütze und sprach: „Deine Hexenschwester. Du hast ihr Leben eingehaucht, damit ihr zusammen meine Seele rauben könnt."

„Nein!", verteidigte sich Mercedes und griff zu. Mit beiden Händen umklammerte sie den erigierten Penis des Wilden und hieb diesen ruckartig nach unten, gleich einem riesigen Kraftwerks-Hebel.

Huch! – Penisbruch. Tschuldigung. Tut mir leider gar nicht leid.

Sofort zeigte ihr entschlossenes Anpacken Wirkung, wie bei beinahe allen Hebeln dieser Welt, wenn diese umgelegt werden.

Aus der Kehle des Waldmenschen ertönte ein allgewaltiger Schrei, der gut und gerne mit den geforderten 140 Dezibel eines Schiff-Nebelhornes mithalten konnte. Er ließ sich auf die Knie fallen. Erneut bröckelte Lehm und Gestein von der Decke. Plötzlich landete ein Knochen neben Mercedes.

Was für ein Wahnsinn. Hier wurde nicht nur mit Holz und Lehm gearbeitet. Schnell, sonst werde ich zu Baumaterial.

Mercedes zögerte keine weitere Sekunde, und rollte sich in Richtung des Schrumpfkopfes. Eine scharfsinnige Entscheidung, denn schon landete der Waldmensch bäuchlings an jener Stelle, an welcher sie eben noch gekauert hatte. Aus seinem Munde drangen Grunzgeräusche, gepaart mit einem wiederholten Schluchzen.

Ich muss den Dolch herausziehen, um damit den Irren zu erstechen. Mercedes, mach ja nicht den Horror-Film Fehler schlechthin, indem du ihn einfach so liegen lässt, besann sie sich.

78

Doch zuerst packte sie den Schrumpfkopf an den ausgetrockneten Haaren und schleuderte diesen über den Waldmenschen hinweg. Polternd kam der Dörrschädel auf der gegenüberliegenden Seite zum liegen. *Mist, schlechter Wurf,* dachte sie. Tote Augenhöhlen glotzten sie abermals an, diesmal aus einer anderen Richtung, doch ebenso unheimlich.

So gewinne ich Zeit. Sollte sich das Waldmonster wider erwarten erholen, wird es zuerst zu seiner Mutter kriechen, schätzte Mercedes. *Um ihr erneut die Zunge reinzustecken.*

Bei dem Gedanken schüttelte sie sich ab, um gleich drauf von einem brennenden Schmerz gemartert zu werden.

Der Pfannkuchen griff an und wickelte sich um ihren Fuß. In jener Euphorie des Schreckens, und unter Einfluss der unsagbaren Schmerzen hatte sie ihren zweiten Widersacher völlig vergessen.

„NEIN! DORT LIEGT DEIN MÖRDER!", schrie sie, obgleich ihr die Sinnlosigkeit dieses Tuns bewusst war. Der Geruch von verbrannter Haut stieg Mercedes in die Nase – *ihrer Haut.*

Hatte sie vorhin lediglich gewürgt, schoss dieses Mal ein kraftvoller Strahl aus ihrem Mund. Viel erinnerte nicht mehr an den Geschmack, den der Tee kürzlich noch hatte, während sie ihn trank. Als wäre es das normalste auf der Welt, hielt Mercedes den Blick stur auf den Pfannkuchen gerichtet. Das Gemisch aus Magensaft und dem einst schmackhaften Aufgussgetränk ergoss sich direkt über ihren Angreifer. Blitzartig zog sich der Pfannkuchen zurück, wohl unwissend, wie ihm gerade geschah.

Siehst du, ich finde dich zum KOTZEN!

Mercedes betrachtete beinahe teilnahmslos ihre neuerliche Brandwunde. Von gesunder Haut war dort nichts mehr zu erkennen, vielmehr mutete die betroffene Stelle an, wie ein Stück geschmortes Schweinefleisch, zubereitet von Händen eines unbegabten Koches. Freilich hatte sie einen Schock, doch der half ihr wenigstens, die erlittenen Qualen auszuhalten. Und freilich wusste sie um diesen Zustand. Mercedes befand sich in einer

Phase, in der ihr Gehirn nicht zwischen Traum oder Wirklichkeit entscheiden konnte.

Der Schock schütze sie, dennoch musste sie handeln. Es gab nur eine Möglichkeit. Mit der erloschenen Fackel fing sie an, im Regal herumzustochern. Dann fiel das erste Glas endlich zu Boden und brach entzwei. Mercedes musste wieder etwas näher an den Waldmenschen heranrobben. Das war gefährlich, aber unvermeidlich. Dieser grunzte und stöhnte vor sich hin, und hatte inzwischen die Embryo-Stellung eingenommen. Außerdem hatte sich der Irre gewunden, und lag nun längsseits zum Regal. Den Kopf in Richtung seiner rumpflosen Mutter, die Füße hin zu Mercedes. Und diese musste sie erreichen, denn genau am Ende seiner Beine war das Glas zu Bruch gegangen.

Das Waldmonster trug keine Schuhe, sondern hatte Bandagen um die Füße gewickelt, ähnlich wie bei einer Mumie. Vorne ragten die Zehen heraus; schwarz gerändert, erfroren und zum Teil wohl abgestorben. Auch das wirkte mumienmäßig.

Vorsichtig schnappte sich Mercedes eines der nun nicht mehr konservierten Ohren.

Hoffentlich klappt das?

Wohl gerade die richtige Idee zur rechten Zeit gehabt. Denn erneut stellte ihr der Pfannkuchen nach. Das Ohr fühlte sich klitschig an – *so müsste es bei einer Nacktschnecke sein* – und beinahe wäre es ihr aus den Händen geflutscht.

Sie warf es dem Pfannkuchen zu, gleich einem Hund das Leckerli. Nur schnappte die eiserne Pfütze nicht nach dem Ohr. Mercedes hatte nicht ausreichend gezielt und die Hörmuschel landete hinter dem Angreifer.

Instinktiv zog Mercedes ihre Beine an, wollte sie etwas anheben, um diese zu schützen.

Dann verkohlt er mir halt den Hintern!

Doch dazu kam es nicht. Solch eine Anspannung der Beinmuskeln missbilligte der Dolch in ihrer Wade und sendete deutliche Signale an ihr Schmerzzentrum.

Hilflos lag Mercedes flach am Boden.

Zu ihren Füßen näherte sich der Pfannkuchen; vor ihren Augen bewegte sich das Waldmonster.

„MÖRDER! BEGRAB MICH!", hörte Mercedes den Pfannkuchen rufen... und gleich drauf brüllte ihr anderer Peiniger: „ICH TÖTE DIE HEXE!"

Mercedes war eingekesselt, von den beiden skurrilsten Wesen, welchen sie je begegnet war.

***

Der Pfannkuchen erwischte sie an der Wade, exakt an jener Stelle, in der der Dolch steckte.

„AAAHH!", schrie Mercedes. „Du blödes Teil! Ich bin die Falsche."

Das zweite Ohr! Sie schnappte sich das glitschige Ding und drückte es gegen den Pfannkuchen. Dabei verbrannte sie sich die Fingerspitzen. Wenigstens ließ er von ihr ab und fiel mitsamt der Hörmuschel zu Boden. Wiederrum bildete der Pfannkuchen blubbernde Blasen, welche das Ohr an das äußerste Ende seiner seltsamen Substanz transportierten. Zeitgleich veränderte er seine Form.

Der Totenschädel entstand aufs Neue.

Mercedes stützte sich mit den Händen ab, um eine Sitzposition einzunehmen. Der kalte Boden war Balsam für ihre verbrannten Finger.

Wenigstens hat der Scheiß Pfannkuchen meine Dolch-Wunde desinfiziert.

Eine Sekunde durchatmen.

Plötzlich richtete sich der Waldmensch auf. Er nahm die Stellung eines Gorillas im Knöchelgang ein, bewegte sich aber nicht vorwärts.

Einen losgeworden, und der nächste startet seinen Angriff. Wahrscheinlich begutachtet er seinen angeknacksten Pimmel. Tatsächlich konnte Mercedes erkennen, dass der Waldmensch sein Haupt gesenkt hielt und wohl unter sich durch, hin zu seiner herabhängenden Wurzel starrte. Nur Büschel der zerzausten Kopfhaare ragten über seinen breiten Rücken empor.

Ein Körper ohne Schädel, aus dem Haare sprießen. Igitt!

Mercedes senkte den Kopf und sah den mittlerweile einohrigen Pfannkuchen in Augen, die gar nicht vorhanden waren. „Ich habe dich nicht getötet! Der Typ da neben mir war es", erklärte sie ihm. *Bitte, ich hoffe, du kannst mich hören.*

Es sah jedenfalls so aus. Das Ding schwebte in Richtung des Schrumpfkopfes, stoppte abrupt und glitt nach rechts weg, direkt zu den Handflächen des Waldmonsters. „MÖRDER!", schrie der Pfannkuchen und griff an.

„AHHRG!", brüllte das Waldmonster, und schnellte seinen massigen Oberkörper in die Höhe. Dabei rumpelte er mit der Schulter ans Regal. Die Konstruktion fiel in sich zusammen, ein weiteres Glas brach entzwei; Augäpfel kullerten umher.

Nun stand das Waldmonster aufrecht. Es blickte nach unten, denn der Pfannkuchen attackierte derweil munter seine Füße. Im stehenden Laufschritt versuchte der Waldmensch, diesen Peiniger loszuwerden. Dann schien er die Augäpfel zu sehen und trat mit dem rechten Bein in die Lache aus Spirituos und Scherben.

Ein Geräusch ähnlich dem Knacken einer Haselnuss verkündigte das Ende eines der Augäpfel.

„NEIN!", schrie der Pfannkuchen. Er schien zu spüren, dass es sich bei dem zerstörtem Objekt um eines seiner Sinnesorgane handelte.

Mercedes hatte sich inzwischen aufgerappelt. Durch die zugefügte Brandwunde an ihrer Wade schien der Dolch nun fest verschlossen und sich fern jeglicher empfindsamer Nervenbahnen zu befinden. Sie humpelte in Richtung der Leiter.

Dort angekommen drehte sich Mercedes eiligst um, um einzuschätzen, wie viel Zeit ihr noch blieb.

Der Pfannkuchen hatte wohl sein zweites Auge retten können. Ein makabrer Anblick. Der silberne Zyklopen-Totenschädel – nun mit einem echten Auge – glotze in ihre Richtung.

Auch das Waldmonster gaffte ihr hinterher... und setzte sich in Bewegung.

Flucht:

Unter unsäglichen Schmerzen erklomm sie gerade die dritte Sprosse, als der Waldmensch sie am Bund ihrer Jeans zu fassen bekam. Dabei riss der Hosenknopf ab, gleich darauf versagte auch der Reisverschluss seinen Dienst. Mit beiden Händen klammerte sich Mercedes an die Leiter. Sie setzte alle Kraft ein, die sie noch aktivieren konnte.

Und es half, wenigstens für den Moment. Statt mit der Leiter nach hinten zu kippen, riss der Irre weiter an der Jeans samt Höschen, wodurch er ihren Po entblößte. Dieses Schauspiel bescherte Mercedes wertvollste Sekunden und sie fing an, um Hilfe zu rufen: „Du blöder- geschmolzener Fladen! – so tu doch etwas; er will mich töten. HILFE!"

„MÖRDER!", kreischte der Pfannkuchen. „SIEH HER, ICH SCHMORE GERADE DIE ÜBERRESTE DEINER MUTTER!"

„VERFLUCHTE HEXEN!", schrie das Waldmonster und ließ prompt von Mercedes ab.

Diese umklammerte augenblicklich die nächst höhere Sprosse, um sich weiter hochzuziehen – mit heruntergelassener Hose ein wahres Kunststück. Noch ehe ihr Kopf endlich aus der zerstörten Luke lugte, blickte sie sich noch einmal um. Schön dumm, das wusste sie; aber es geschah wie unter Zwang.

Der Irre sprang hilflos um den Schrumpfkopf seiner Mutter herum, bekam diesen aber nicht zu fassen. Wie die silberne Helm-Schale eines Chopperfahrers saß der Pfannkuchen auf dem Haupt des Dörrschädels. Die grauen Haare desselben brannten bereits, aus den toten Augenhöhlen krochen dunkle Rauschschwaden.

„LAUF!", krächzte der Pfannkuchen. „RETTE DICH. ICH BIN OHNEHIN VERFLUCHT. EINE VERFLUCHTE WEIßE HEXE OHNE GRRRRAAAAB! GRRRRAAAAB...! KANN NICHT HOCH, MUSS HIER VERWEILEN!"

Danach verstummte sie. Das Waldmonster hatte eben die Zunge aus der silbernen Masse gerissen, diese auf den Boden geworfen, und trampelte nun darauf herum.

Mercedes schleppte ihren Oberkörper über die Kante der zerborstenen Falltüre. Nur noch ihre Füße ragten in die `Hölle´.

Schnell, um Himmels willen. Noch brüllte der Irre unter ihr, wehklagte um den Dörrschädel seiner Mutter, der wohl gerade vollends in Flammen aufging.

Endlich hatte sie den rettenden Boden zur Gänze erreicht und robbte in Richtung des Lagerfeuers. Am Stuhl hangelte sie sich mit zusammengebissenen Zähnen hoch. Rasch zerrte Mercedes ihr Höschen und anschließend die Jeans nach oben. Währenddessen sah sie sich um, doch nirgends fand sie etwas Brauchbares, womit sie das Loch abdecken konnte.

Kacke, ich bin so doof! Ich hätte die Leiter hochziehen sollen.

Auf einem Bein hüpfte sie los, rasch… und dennoch bedacht, glich der Boden doch eher einem maroden Rundholz-Floss, als einem trittsicheren PVC-Belag. Je näher sie dem Loch kam, umso unerträglicher wurde der Gestank von verbrannter Haut. Sie bückte sich, griff nach der obersten Sprosse der Leiter und zog. Meter für Meter hangelte sie das Ding hoch.

Gleich geschafft, und das Monster sitzt in der Falle, dachte sie, als plötzlich unter ihr der Waldmensch auftauchte. Er sprang hoch und bekam mit seiner Pranke die unterste Sprosse zu fassen. Holzspreißel bohrten sich wie Nadelstiche in Mercedes Handflächen. Beinahe hätte sie die Leiter mit in die Tiefe gerissen. Noch immer stand sie gefährlich nach vorne gebeugt über den Abgrund und ruderte mit beiden Armen.

Das Waldmonster kletterte derweil nach oben.

Endlich ausbalanciert hüpfte Mercedes in Richtung des Lagerfeuers.

Der Holzstapel. Meine einzige Rettung. Ich brat ihm eins über.

Nun war Eile geboten. Eile, die ihr sogleich zum Verhängnis wurde. Mercedes sprang direkt auf ein loses Rundholz und knickte

84

böse ein. Ein Geräusch, ähnlich dem eines reißenden Gummiseiles, ließ nichts Gutes verheißen. Dann kam der Schmerz. Sie schrie und schrie. Sämtliche Holzspreißel, die in ihr steckten, jede Brandwunde und selbst der Dolch inmitten ihres Wadenfleisches verloren zunehmend an Bedeutung, was die Intensität der neuerlichen Qualen anbelangte.

Sie wälzte sich wild umher, fuhrwerkte hilflos mit hilfesuchenden Händen, die ins Leere griffen, dort, wo es keine Rettung gab, und kam schließlich bäuchlings zum liegen.

Dann folgte ein weiterer Schockzustand. Endlich. Ein klein wenig Linderung.

Dennoch funktionierten ihre Augen ohne Mängel.

Und sie sah… diese Zehen, welche da herausragten, unter gelblichen Bandagen. Schwarz mit noch schwärzeren- nach unten gebogenen, nie geschnittenen, höchstens abgebrochenen Nägeln. Stinkend nach Fäulnis und vergammelten Käse, nach verbrannter Haut und eitrigen Geschwüren.

Direkt vor ihrer Nase, vor ihren Augen!

Das waren die Füße des nahenden Todes.

***

Und es roch nach Spiritus!

Dieses Glas mit den konservierten Ohren. Es war direkt zwischen seinen Füßen zerschellt.

Natürlich!

Die Bandagen, welche um die Waden des Waldmonsters bis hinab zu dessen Zehen gewickelt waren. Sie hatten sich vollgesaugt!

Mercedes legte den Kopf seitlich und schielte nach oben. Gleichzeitig fasste sie nach hinten, und ertastete ihr Sturmfeuerzeug; fischte es vorsichtig aus der Hosentasche. Aus den Augenwinkeln erkannte sie, wie der Waldmensch eine Machete aus seinem Gürtel zog und damit ausholte. Unter seinem Mantel baumelte der angebrochene Penis, geschrumpft und dicht behaart.

85

Ich werde wohl sterben, doch dich nehme ich mit, du widerliches Ungetüm.

Nun hob er endlich den Kopf, über dem bedrohlich die Machete schwebte, gehalten von Pranken, die sogleich nach unten schnellen würden, um Mercedes den Garaus zu machen.

„ICH TÖTE DIE HEXE!", schrie er, immer noch mit gehobenem Haupt. Das war der Moment. Blitzschnell bewegte sie ihre Hand nach vorne und entzündete das Feuerzeug, um die Flamme an die Bandagen zu halten.

Eine Stichflamme schoss empor – eine Machete schoss gen Boden.

Mercedes rollte sich zur Seite. Eine Millisekunde zu spät, und die Waffe hätte sie erwischt. So hieb die scharfe Klinge in die Rundhölzer und blieb darin stecken.

Der Irre mit den brennenden Beinen hüpfte wild umher und entledigte sich seines Gürtels. Dieser plumpste zu Boden. Sofort entzündeten sich sämtliche Fackeln, die noch eben von dem Leder gehalten wurden. Dem Holz, auf welchem der Waldmensch gerade noch gestanden hatte, haftete bereits ein Spiritus-Film an – ein Überbleibsel von den nässenden Bandagen.

Wie ein Schwellbrand breitete sich das Feuer am Boden aus. Der Waldmensch grunzte und schrie. Sein Mantel hatte ebenfalls Feuer gefangen. Er versuchte immer noch, sich diesem zu entledigen, gab aber schließlich auf und flitzte ins Freie.

Mercedes kroch ihm hinterher, um der sich ausbreitenden Flammenhölle zu entkommen.

Lieber erfrieren als verbrennen, sprach ihr Verstand, warum auch immer.

Die kühle- frische Luft tat ihr gut. Auf dem Schnee spiegelten sich Flammen, die im Inneren der Hütte loderten. Rechts von ihr wälzte sich der Waldmensch am Boden, umhüllt von dunklen Rauschschwaden.

Er schafft es, die Flammen zu löschen.

Mercedes robbte weiter ins Unterholz, damit er sie nicht finden konnte. Sie wollte in Ruhe erfrieren. Wenigstens diesen Wunsch

86

erbat sie sich. Schließlich drehte sie sich auf den Rücken und steckte ihre nicht verbrannte Hand in die hinteren Hosentaschen, um wenigstens diese warm zu halten.

Dann schloss sie die Augen.

Real oder Hirngespinst, gerettet oder todgeweiht?:

Ein widerlicher Gestank weckte sie auf. Es roch ähnlich verbrannt wie beim Abfackeln des Dörrschädels. Lange konnte sie hier noch nicht verharren, ihr Körper fühlte sich verhältnismäßig warm an.

Und sie lag weich – ihr Kopf ruhte wohl auf einem Kissen.

Bin ich gerettet worden und liege bereits im Krankenhaus?

Hoffnung keimte in ihr auf.

Mercedes blinzelte.

Eine Träne kullerte über ihre Wange, während sie die Bäume ringsrum registrierte.

Die Hütte stand nun vollends in Flammen. An der Stelle, wo sie gegenwärtig lag, war es beinahe taghell – allerdings in einem unnatürlichen Orangeton. Jedenfalls blies der Wind von ihr weg, hin zum brennenden Holzverschlag, was hieß, jener beißende Gestank musste einen anderen Ursprung haben.

Nur welchen?

Urplötzlich tauchte seine zähnefletschende Fratze auf, nur knapp über ihrem Gesicht. Das Waldmonster kniete direkt hinter Mercedes, ihr Kopf lag in seinem Schoss.

Seine eiskalten Hände gierten nach ihren Brüsten. Mercedes zog ihre gesunde Hand aus der Hosentasche. Eine Sache von wenigen Sekunden. Noch immer zwickten und zogen Finger an ihren Brustwarzen.

Sie ließ es geschehen.

Ein warmer Schwall Blut spritzte ihr ins Gesicht.

Gleich drauf folgte ein Gurgeln.

Die Finger ließen ab von ihren Brüsten. Der Waldmensch kippte seitlich neben Mercedes und riss sich den angespitzten Ast aus der Kehle – jener, der vor Stunden in ihrem Oberschenkel steckte, um danach in ihrer Hosentasche zu verschwinden, und eben jener, den sie dem Irren geradewegs in den Hals gerammt hatte.

Kaum hatte dieser den Dorn entfernt, schon schoss das Blut in hohen Bögen aus seiner Kehle.

Mercedes ließ die Dinge geschehen, und schloss erneut ihre Augenlider.

Wirklichkeit oder Fiktion?:

Sie träumte von jenem Vielfraß, der sich an dem Kaninchen gelabt hatte. Nun machte dieses Wildtier dasselbe mit dem Waldmenschen, verbiss sich in dessen blutiger Kehle und riss daran, sodass diese weit auseinanderklaffte und den Kehlkopf freilegte. Das Waldmonster zuckte noch, sein Körper wurde gebeutelt wie von Stromschlägen. Den Pelzmantel hatte er längst ausgezogen. Mercedes sah verbrannte Haut, unterbrochen durch unverletzt- behaarte Inseln. Sein Penis ragte steif empor, zumindest bis hin zur Bruchstelle, die sich nun verwunderlicherweise in der Mitte des Schaftes befand, und aus der nun feines, hellrosa-gefärbtes Sperma rann; darüber hinaus hing ein Stück des Schaftes mitsamt der Eichel schlaff nach unten, gehalten von einzelnen Strängen, wie eine umgeknickte Maispflanze.

Noch immer schien der Sterbende erregt zu sein – erregt von der Grausamkeit des Lebens; egal, ob sich diese nun gegen ihn richtete, oder er selbst als Scherge seiner geköpften Mutter fungierte.

Den Vielfraß schien diese Erregung plötzlich zu interessieren. Er ließ von der blutgetränkten Kehle ab und tapste hinweg über den Bauch des sterbenden Waldmenschen, um an dessen Penis zu schnuppern.

Mercedes wollte wegsehen, in grausiger Erwartung, dass Tier würde augenblicklich zuschnappen, den Penis von den Strängen trennen. Allerdings hielt ihr geistiges Traumauge voll drauf; unbarmherzig.

Doch dann vernahm sie ein nahes Hecheln und Winseln. Ein Wolfsrudel kündigte sich an.

Jählings ließ der Vielfraß sein ´Grunz-Gurgel-Geknurre´ verlauten und machte sich eiligst davon.

Zum Glück… im Unglück. Der Körper neben ihr zuckte nicht mehr.

Der Waldmensch war tot.

Mindestens zehn ausgewachsene, erhabene und wunderschöne Wölfe schlichen um Mercedes herum. Immer wieder vernahm sie ein Knurren, dann folgten Machtkämpfe um den toten Körper; Zähne verbissen sich in das Fleisch des Waldmenschen, zerrten ihn von Mercedes weg – immer tiefer ins Unterholz.

Doch das Rudel konnte sich nicht entscheiden, einzelne Wölfe kehrten beharrlich zurück, umkreisten Mercedes aufs Neue, schnupperten und musterten sie mit bernsteinfarbenen Augen.

Schließlich wagte sich eines der stolzen Tiere an sie heran. Mercedes erblickte seine kräftigen Fangzähne, während dieser erschöpft vom vorausgegangenen Machtgehabe unter Artgenossen in kurzen Stößen hechelte. Seine Vorderpfoten berührten ihren Bauch. Fotogen wie ein Jäger neben seinem erlegten Wild stand er halb auf ihr.

Gleich werde ich ohnmächtig. Bitte.

Seine Schnauze kam näher; der Wolf schnupperte wohl das frische Blut aus der Kehle des Waldmenschen, welches immer noch ihr Gesicht kleisterte.

Mach schnell, bitte. Kacke, ich hab heute schon so viel durchgemacht und alles überlebt. Zieh es nicht unnötig hinaus, Wolf! Irgendwann ist Schluss.

Seine Zunge fühlte sich warm an. Mercedes spürte weder Schmerzen noch ihre frostigen Glieder, in jener furchtbaren Erwartung des endgültigen Todesbisses. Noch immer leckte der Wolf das Blut aus ihrem Gesicht.

89

Mercedes zitterte, bebte vor Angst – ähnlich dem Waldmenschen, als dieser seine letzten Zuckungen tat. Und plötzlich veränderte sich das Licht. Sie kannte diesen milchigen Schein, und zwar aus dem Kellerloch.

„Hab keine Angst, sie tun dir nichts", schallte es aus dem unwirklichen Licht. „Du bist nun eine von ihnen."

Die weiße Hexe, der Pfannkuchen! Mercedes erkannte ihre Stimme und antwortete: „Bist du hier?"

„Nein, ich bin dort unten auf ewig gefangen, doch mein Licht und diese Worte kann ich dir senden, weil du etwas Besonderes bist."

„Was denn? Ich träume doch, oder? Bin ich schon tot?" Die Zunge verschwand, der Wolf verschwand.

„Der Dolch in deiner Wade", sagte die Hexe. „An diesem haftete das Blut einer hingerichteten Wölfin. Unwissend habe ich jenes Blut mit meinem Angriff auf dein verletztes Bein in Wallung gebracht. Es hat sich mit dem Deinigen vermischt. Du musst den Dolch entfernen, ihn den Wölfen preisgeben."

„Ach was! Und nun werde ich eine Wölfin? Ich lass das Ding lieber stecken. Zweimal am Tag etwas aus meinem Körper zu ziehen, was da nicht hingehört, ist mir zuviel des Guten."

„Dass nun etwas Wildes in dir Verborgen ist, ist unbestreitbar. Du musst es nur finden. UND DEN DOLCH ZURÜCKLASSEN!"

„Ich erfriere hier, ob wild oder zahm."

Das Licht verschwand.

Mercedes schloss abermals ihre Augen.

Im Traum spürte sie einen brennenden- ruckartigen Schmerz in ihrer Wade.

Danach hatte sie blutige Hände.

Wach:

Und wieder blinzelte sie.
Und erneut lag ihr Kopf auf etwas Weichem.

Nur eines hatte sich zweifellos verändert. Der Gestank von verbrannter Haut war gewichen. Stattdessen roch es nach Desinfektionsmitteln.

Jemand sagte: „Sie wacht auf. Ich hole den Arzt."

Im letzten Moment erkannte Mercedes eine Krankenschwester, die aus dem lichtdurchfluteten Zimmer eilte.

Minuten später stand ein Arzt vor ihr. Der Mann hatte ergrautes Haar und zeigte Mercedes seine *Perlweiß-Zähne,* indem er sie anlächelte. Es war ein ehrliches, ein aufrichtiges Lächeln.

Über ihrem Kopf baumelte eine Infusionsflasche, die lautlos vor sich hin tröpfelte.

„Wie bin ich hierhergekommen?", durchbrach Mercedes das allgemeine Schweigen.

„Die Feuerwehr hat Sie gefunden, nahe einer brennenden Hütte. Die Dorfbewohner hatten ursprünglich einen Waldbrand gemeldet, und lagen damit gar nicht so falsch. Ihr Glück. Sie wären sonst erfroren."

„Die Dorfbewohner?"

„Ja, diese Hütte war zwar gut im Dickicht versteckt – noch nie zuvor hatte sie jemand gesehen – allerdings stand diese keinen Kilometer von ihrem Heimatdorf entfernt. Als man Sie gefunden hat, wurde der hiesige Arzt, mein geschätzter Kollege Dr. Nillson, hinzugerufen. Er hat Sie sofort identifiziert, als seine künftige Mitarbeiterin."

„Richtig. Dr. Nillson. Mein Gott, ich war so nahe am Dorf", flüsterte Mercedes. *Doch hätte ich es geschafft, würde der Waldmensch weiterhin Jagd auf vermeintliche Hexen machen*, dachte sie hinzu.

„Seien Sie froh. Alles ist noch mal glimpflich abgelaufen. Sie haben neben einem Bänderriss noch Brand, Stich- und Schürfwunden abbekommen. Nichts, was wir nicht heilen könnten."

„Und der Dolch?"

„Was für ein Dolch?" Der Doktor sah sie ungläubig an; schien sie nicht zu verstehen.

„Ist schon gut", sagte sie und schloss die Augen.

***

Zwei Tage nach der Operation ihres komplizierten Bänderrisses verlangte Mercedes nach dem Einsatzleiter des besagten Feuerwehreinsatzes.

Sie wolle sich bedanken, begründete Mercedes diesen ausdrücklichen Wunsch.

Selbstverständlich war dies mit ein Grund, doch vielmehr interessierte es sie, ob an der Brandstelle ein Topf, oder etwas anderes Metallenes gefunden wurde. Tatsächlich bejahte der Feuerwehrmann und versprach ihr – nachdem er mit dem zuständigen Polizeibeamten telefoniert hatte, den Mercedes bereits kannte, weil dieser sie schon befragt hatte – Mercedes könne diesen geschmolzenen Klumpen aus Edelstahl gerne bekommen. Ermittlungstechnisch hatte sich nichts ergeben und dieser wäre ohnehin entsorgt worden.

Noch immer kam eben dieser Polizeibeamte in regelmäßigen Abständen zu Mercedes ans Krankenbett und stellte ihr weitere Fragen in Sachen „Waldmonster", das sich schließlich als ein längst verschollener Dorfbewohner namens Peetu entpuppte. Man hatte seine Überreste etwa einen Kilometer östlich der Brandstelle gefunden, in einer weiteren, von ihm erbauten Hütte. Peetu war wohl von Wölfen angefressen worden, erzählte der Polizist. Zudem wies er Brandwunden am gesamten Körper auf.

Mercedes hatte den Ordnungshüter eigens um eine detaillierte Berichterstattung gebeten, schließlich wurde dasselbe ebenso von ihr verlangt. Sie sei in dieser Beziehung abgehärtet, ließ Mercedes verlauten, was nach den jüngsten Geschehnissen auch der Wahrheit entsprach.

Neben dem Leichnam lag jedenfalls der Kadaver einer ausgewachsenen Wölfin, fuhr der Polizist fort. Dieses arme Tier sei mit einem Dolch erstochen worden. Und exakt jener Dolch steckte dort, wo sich eigentlich Peetus Penis befinden sollte. Besagter Penis blieb bis dato verschwunden. Dennoch glaubte die Polizei an Selbstverstümmelung.

Während seines letzten Besuches überreichte ihr der Beamte einen schweren Schuhkarton.

„Ihr Metallklumpen. Er liegt da drin", sagte er, ohne weiter nachzufragen, was Mercedes dankbar hinnahm.

Sie war überglücklich.

Epilog:

Kaum konnte Mercedes wieder halbwegs laufen, nahm sie ihre Arbeit in der Arztpraxis auf.

Es machte ihr Spass, und nach und nach lernte sie durch den Job viele der Dorfbewohner kennen.

Manchmal wurde sie sogar zu Kaffee und Kuchen eingeladen.

Mercedes war angekommen. Beinahe.

In jener Zeitspanne, in welcher Väterchen Frost das Zepter endlich aus der Hand gab, raffte sich Mercedes auf und marschierte abermals in den Wald, dieses Mal mit einem klaren Ziel vor Augen.

Natürlich hatte sie inzwischen erneute Spaziergänge gewagt, die Bäume jagten ihr schon lange keine Angst mehr ein. Sie fand jedes mal anstandslos zurück nach Hause, als könnte sie ihre eigene Fährte wittern.

Wolfsblut hat sich gemischt, mit dem Deinigen, fiel ihr ein.

Den Ort des Geschehens hatte Mercedes bislang allerdings gemieden.

Bereits nach einer halben Stunde erreichte sie die Stelle, auf der einst die Hütte stand.

Das Loch zur ´Hölle´ war inzwischen mit Erde aufgefüllt worden.

Wohl, damit kein Tier hineinfällt, dachte Mercedes. *Hier verirrt sich doch kein Mensch her. Ausgenommen du, Mercedes.*

Die Erde war noch relativ locker und der Frost hatte bereits den Waldboden verlassen, somit ging ihr die Arbeit mit dem Klappspaten leichter von der Hand.

Ein Meter reicht wohl, beschloss sie und wischte sich mit dem Pulloverärmel den Schweiß von der Stirn. Anschließend fischte sie die Metallkugel aus ihrem Rucksack, küsste diese und warf sie ins Loch.

Mercedes betete ein >*Vater Unser*< und murmelte anschließend: „Du wirst doch diesen Ort von seinem Fluch befreien, weiße Hexe… und hoffentlich deinen Frieden finden. Ach ja… und sorry, dass ich dich ständig Pfannkuchen genannt habe. Ciao, machs gut."

Sie schaufelte die Erde zurück ins Loch und ging nach Hause.

Unaufhörlich flossen Tränen des Glücks und der Zufriedenheit aus ihren bernsteinfarbenen Augen.

In der Ferne heulten die Wölfe.

Vorwort Hanebüchen:

Personen und Handlung sind frei erfunden.
Ähnlichkeiten mit lebenden oder toten Personen sind rein zufällig
und nicht beabsichtigt.
<u>Idee:</u> P.Hantom und Jason Sante
<u>Umsetzung und Autor</u>: Jason Sante

<u>*Über P. Hantom:*</u>
Wird durch P. Hantom der Begriff Ghostwriter neu definiert?
Sicherlich nicht.
Hanebüchen wird wohl P. Hantoms einzige Buchidee bleiben. Doch
was war zuerst? Der Stalker; die Stalkerin? Das Werk
Hanebüchen? Oder doch der Greis? Man wird es wohl nie in
Erfahrung bringen.

Zweifel:

Wieder einer dieser Scheißtage, dachte Ramona, obwohl ihre
eben zurückgelegte Joggingrunde eigentlich derart düstere
Gedanken vertreiben sollte. Zumeist fühlte sie sich nach dem
Laufen frei von aller Hektik, doch immer konnte es halt nicht
klappen. Dabei hätte sie diesen Scheißtag sicherlich als einen der
Guten bezeichnet, hätte sie gewusst, dass bereits am nächsten Tag
ein Mensch zu Tode kommen sollte. Zu Tode, und Ramona war in
der Tat daran beteiligt.
Jetzt rasch nach Hause, Duschen, Kaffee trinken, und danach
zu ihren verschiedenen Patienten eilen, um in deren Wohnung für
Ordnung zu sorgen. Dieser Job unterstützte sie als kaum bekannte
Indie-Autorin nicht nur finanziell, sondern bereitete ihr ehrliche
Freude – insbesondere bei jenem alten Mann, der ihr schon so ans
Herz gewachsen war. Sollte diesem Greis je das Geld ausgehen,
und dieser den privaten Pflegedienst nicht mehr bezahlen können,
Ramona würde weiterhin für ihn sorgen. Sie liebte die Gespräche

über Literatur mit dem ehemaligen Bibliothekar, dessen einziger Verwandter – ein Enkel (der für ihn wohl wie ein Sohn war) – irgendwo in Indonesien als Buschpilot arbeitete und nur einmal jährlich hier aufkreuzte. Jene Abenteuer, welche dieser Enkel bei *„Susi-Air"* erlebte, gab der alte Mann ungekürzt an Ramona weiter. *„Susi-Air"* war eine Fluggesellschaft, die abenteuerlustige Piloten gerne als Übergangslösung – auch zwecks Flugstunden – nutzen, bis sie von einer großen Airline angestellt wurden.

Diese Geschichten waren unbezahlbar. Vielleicht Stoff für einen ihrer Romane?

Dennoch, vom Schreiben alleine konnte Ramona unmöglich leben. Und dieser Traum war nun in noch weitere Ferne gerückt, seit ihr eine hartnäckige Stalkerin nachstellte, die jeden möglichen Erfolg eines neuen Werkes mit hässlichen Rezensionen bereits im Keim erstickte.

Mittlerweile ging diese Stalkerin so weit, dass Ramona in deren Verrissen auch als Person heftig angegriffen wurde. Strafrechtlich wäre eine Anzeige denkbar, war es doch Verleumdung, übelste Beleidigung und Rufmord, der gegen Ramona betrieben wurde. Das hatte ihr sogar ein Polizist bestätigt. Doch dann müsste sie ihr Pseudonym aufdecken, und das wollte sie keinesfalls. Wer wusste schon, was diese Verrückte mit ihrem Namen so alles anstellen würde. Und die Erfolgaussichten einer solchen Maßnahme waren eher gering.

Warum war ich nur so dumm, und habe mich auf diese Kuh eingelassen? – tadelte sich Ramona in beharrlicher Regelmäßigkeit. Doch wie hätte sie ahnen können – seinerzeit, als diese Frau sie erstmals mit einer netten Email kontaktierte, in der sie Ramonas Werke in höchsten Tönen lobte – welch teuflisches Weib dahinter steckte.

Schon bald aber sollte Ramona lernen, dass jene bösartige Frau nur ein selbstsüchtiges, unzufriedenes Lichtlein war, welches solange vor sich hin loderte, wie ihr Beachtung und Aufmerksamkeit geschenkt wurde. Echte Gefahr drohte woanders.

***

Nachdem sie ausgiebig geduscht hatte, bereitete sich Ramona noch einen Kaffee zu, marschierte ins Arbeitszimmer und setzte sich an ihren Schreibtisch, wo auch der Computer stand. *Hier müsste mal wieder irgendjemand aufräumen*, dachte sie.

Links und rechts der Tastatur lagen unzählige Notizzettel so zufällig verstreut, wie derzeit das Herbstlaub auf Teilen ihrer Laufstrecke. Diese führte auf gut drei Kilometern durch eine enge Schlucht, die sich wie ein ausgetrocknetes Bachbett präsentierte. Linkerhand ging es senkrecht nach oben – eine etwa zehn Meter hohe, lehmig-verwurzelte Wand. Rechts war es nicht gar so steil, und es gelang einzelnen Bäumen, sich dort anzusiedeln. Am Ende der Schlucht musste sie eine recht ordentliche Steigung überwinden – was mittlerweile keine Hürde mehr darstellte – ehe der Wald sich wieder begradigte, als hätte es diese Klamm nie gegeben. Noch nie war ihr hier ein Mensch begegnet, in jener merkwürdigen Spalte, deren Entstehung sie sich nicht erklären konnte. Ramona genoss es, hier durchzulaufen. Dieses Stück Welt, in der sich der Wald öffnete, und sein Innerstes preisgab, gehörte nur ihr. Erst einen Kilometer nach der Schlucht kreuzten sich erste Wanderwege mit ihrem geheimen Pfad (von dem sie täglich einen halben Meter abwich, um keine Spur zu trampeln), und somit auch das Leben. Pilze-Sucher, Radfahrer und Frischluftfanatiker begegneten ihr nun zuhauf. Dann war sie froh, die Stadt wieder zu erreichen – ihre Wohnung zu erreichen.

Weshalb? Damit ich hier sitze, angespannt und ängstlich wie ein kleines Mädchen, weil ich nun diese Kiste einschalten muss? Zettel voller Ideen ringsrum, nur keine Idee, diese vernünftig umzusetzen.

Der Monitor gab erste Lebenszeichen von sich, nachdem sie den PC gestartet hatte. *Alles beim Alten; ich spring grad an wie immer, und was ist mit dir?,* lautete seine stumme Frage.

„Das werden wir gleich sehen", flüsterte Ramona und lockte sich ins Internet ein. Ihre Bücher vermarktete sie allesamt selbst, was seit der Erfindung des E-Books endlich möglich wurde. Sogenannte *Indie-Autoren* gab es zuhauf – und deren Anzahl

97

wuchs stetig. Freilich hieß das, Konkurrenz verstärkt im Anmarsch. Dennoch war es für Ramona wahrscheinlicher, sich eines Tages von dieser Masse abzuheben, und als Selbstvermarkterin erfolgreich zu sein, als je einen Verlagsvertrag zu ergattern. Zudem hatte die Option *„Verlag"* für sie längst an Attraktivität verloren. Ramona ließ es schon lange bleiben, ihre Manuskripte zu versenden. Von den meisten Verlagen gab es noch nicht einmal eine Antwort, selbst bei einer sauberen Vita, dem mühseligen Expose (erkläre mal die Schönheit eines uralten Baumes, wenn dir nur ein Ast zur Verfügung steht) und einem nach Verlagsrichtlinien formatierten Manuskript.

Nein. Ramona würde diesen Weg bestreiten – ihren Beruf als Beruf betrachten – und nicht als ein sinnloses Hirngespinst. Und es könnte aufwärtsgehen – ihre älteren Werke wurden relativ gut angenommen – wäre da nicht dieses verfluchte Weibsbild mit ihren Verrissen. *Hexe*, dachte sie.

Ängstlich hielt Ramona Ausschau nach ihren veröffentlichten Büchern. Beinahe täglich rechnete sie mit einer weiteren Gemeinheit dieser Stalkerin via Rezension. Wenn dem so war, schoss ihr kochend heißes Blut in den Kopf (zumindest fühlte es sich so an), und alles fing von Neuem an. Jenes Gefühl der Machtlosigkeit, die Wut über diese Ungerechtigkeit, beruhigte sich zwar nach Tagen, wurde jedoch mit weiteren Verrissen wieder entfacht. Ramona hatte aufgehört zu zählen, wie viele Accounts diese Hexe insgesamt benutzte. Seit geraumer Zeit blieb sie allerdings verschont, dafür mussten andere Kollegen herhalten. Nicht wenige Autoren teilten das selbe Schicksal, auf dem Radar dieser Stalkerin zu sein.

Hat sie die auch vorher allesamt kontaktiert? – überlegte Ramona. *Wollte sie auch deren Werke lektorieren und diese lehnten höflich ab? Und dann folgten die Verrisse?*

Ihre Hände ballten sich zu Fäusten, über so viel Unverfrorenheit. Am liebsten hätte sie es in alle Welt hinausgeschrien (was sie kürzlich in der Schlucht getan hatte), was dort in diesen Rezensionen für eine Riesensauerei passierte. Dabei kannte sie ihre Peinigerin beim Namen – ja, wusste sogar, wo diese hauste. *Warum hat sie sich mir offenbart? Sie weiß um ihre Unangreifbarkeit, um die Grauzone der Straffreiheit – oder sie ist einfach nur dumm.*

Nein, wir Schreiberlinge sind dumm, weil wir uns nicht zusammenrotten, und alles schweigend hinnehmen.

Mit dem Wissen, dass die Zeit nicht mehr ausreichte, um wenigstens ein paar Sätze auf Papier zu bringen, marschierte sie wieder ins Bad. Und wenn schon, Ramona hätte diese Zeilen später ohnehin gelöscht, weil alles, was sie derzeit schrieb, einfach nur Mist war.

Ich sollte es bleiben lassen und mich ganz der Altenpflege widmen.

Natürlich würde sie das nie tun, doch der Gedanke, es zu können, war ein Inbrünstiger.

Hanebüchen:

Kaum auf der Straße angekommen, packte sie die Trostlosigkeit dieses Herbsttages. Die Hausfassaden wirkten noch aschfahler wie ohnehin und schienen verbrüdert mit der Witterung. Ramona fühlte sich hier schon lange nicht mehr wohl, obgleich der Jahreszeit. Im Stadtkern gab es kaum mehr Geschäfte und Cafés. Einzig ein Gewerbegebiet mit den üblichen Verdächtigen hielt die Kleinstadt noch am Leben. Eigentlich wollte sie nach der Schule schnellstens hier weg, um in Berlin Germanistik zu studieren. Allerdings erkrankte ihre Mutter, und Ramona sah es als ihre selbstverständliche Pflicht, ihr einzig verbliebenes Elternteil zu pflegen, solange dies eben nötig war. Im vergangenem Jahr verstarb ihre Mutter – wenigsten zu Hause (so war es deren Wunsch) – und nicht in einem Wartehäuschen für nicht mehr Erwerbsfähige. So nannte Ramona Altenheime. Haltestellen für Gevatter Tod, der unermüdlich seiner Route folgte. Und in einem

Seniorenheim wurde es den Bewohnern tagtäglich bewusst, dass es diesen Fahrplan gab.

Nach dem Tod ihrer Mutter bewarb sie sich um einen Minijob in der häuslichen Pflege. Insgesamt hatte sie fünf Patienten zu versorgen. Mit dem wenigen Geld konnte Ramona wenigsten ihre Krankenversicherung bezahlen.

Für jeden Patienten blieb ihr nur ein halbe Stunde Zeit. Das hatte schon etwas von Abfertigung pflegebedürftiger Menschen. Menschen, die einst dieses Land aufgebaut hatten, und nun zusehen mussten, wie sich jeder noch so unbeteiligte ein Stück von diesem mühselig gebackenen Kuchen abschneiden wollte.

Den alten Mann im Rollstuhl besuchte sie erst, nachdem sie ihre anderen Patienten versorgt wusste, weil Ramona stets länger in dessen Wohnung verweilte. Heute wollte sie mit ihm die Einkaufsliste durchgehen. Ramona besaß kein Auto – noch nicht – dennoch war es für sie leichter, ins Gewerbegebiet zu radeln, als für den alten Mann, der sich diesen Weg mit dem Rollstuhl bahnen müsste. Sein Name war Egon; und Egon war 81 Jahre alt. Was sein Körper nicht mehr leistete, machte sein Verstand wieder wett. Ramona lauschte ihm liebend gerne. Sie unterhielten sich über Trümmerliteratur, erörterten diese speziellen Texte, oder begaben sich auf die Reise in andere Länder, um Edgar Allen Poes oder Hemingways Werke zu besprechen.

Auch heute würden sie sich wieder in der Literatur verlieren.

„Richtig kalt hier drin", mahnte Ramona. „Möchten Sie sich den Tod holen, Egon?" Gleich drauf bereute sie diese unbedachte Aussage.

„Auch der Tod, so wie wir ihn uns vorstellen, existiert nur in der Literatur. Einzig die vielbeschriebene Liebe basiert auf Tatsachen", antwortete Egon und nahm anschließend einen Schluck Tee. Seine langen, knochigen Finger hielten die Tasse fest umklammert.

„Warten Sie, Egon. Ist noch viel zu heiß. Das muss doch höllisch wehtun?"

100

„Schmerzen sind irdisch, und somit vergänglich. Heißen Tee zu genießen, diese Freiheit nehm ich mir nun." Sein von tiefen Furchen überzogenes Gesicht lächelte, und Egon nahm noch einen Schluck, ehe er die Tasse endlich abstellte.

„Ist alles in Ordnung, Egon? Sie erzählen heute wirklich absonderliche Dinge."

„Bestens Ramona, wenn du mir versprichst, meinen Worten zu lauschen, und diesen hoffentlich auch Glauben schenkst. Heute ist der entscheidendste Tag für dein weiteres Leben."

„So, so. Nun sollten wir uns aber an die Einkaufsliste machen. Schon bald dämmert es, und mein Rücklicht funktioniert schon wieder nicht."

„Du solltest dir einen Burschen anlachen, der so etwas Reparieren kann – wenigstens so lange, bis du den Mann deines Lebens kennenlernst. Kaum zu glauben, dass ein so hübsches Mädchen wie du noch alleine lebt. Wär ich noch ein junger Mann… ach Gott. Schon längst hätt ich dich zum Tanz ausgeführt. Eine Frau mit der Schönheit einer *Belinda Lee*."

„Sie mochten *Belinda Lee*?", wunderte sie sich. Ramona guckte gerne diese alten Sandalenfilme, in denen Belinda oftmals eine Rolle spielte; doch Egon? Zweifelsohne war diese Frau eine Schönheit. Ramona betrachtete ihr eigenes Antlitz zwar nicht als völlig missglückt, aber trotzdem? Einen solch direkten Vergleich hielt sie für ziemlich weit hergeholt.

„Ja, ich mochte sie sehr, musste schon jung sterben, das Mädel", verriet Egon seine Gedanken. „Eine Schauspiellegende. Ich finde, du bist ihr sehr ähnlich. Vielleicht traut sich deshalb keiner, dich einzuladen." Egons Augen funkelten.

„Danke. Gleich werd ich rot. Nein, ich gefalle mir höchst selten. Aber Sie würden mich einladen, Egon? Zum Tanz. Leider gibt es so etwas schon lange nicht mehr. Heute lernen sich die Menschen überwiegend im Internet kennen." Ramona zwinkerte ihm zu. „Und nun sollten wir uns schleunigst an die Liste machen, ehe ich völlig in Scham versinke."

101

„Bescheidenheit hat seine Grenzen", winkte er ab. „Übrigens können wir uns die Liste heute sparen. Ich habe alles, was ich benötige. Es gibt Wichtigeres zu besprechen. Über deinen künftigen Mann, über deine Tochter?"

Ramona sah ihn verwundert an und meinte: „Ich habe keine Tochter und möchte auch künftig keine Kinder in diese unsichere Welt setzen. Wenn es so weitergeht, bleibe ich ohnehin alleine. Ich binde mich – wenn überhaupt – erst, sobald meine Werke laufen. Vermutlich also nie. Und wo kein Mann, kommen keine Babys auf die Welt, auch nicht aus Versehen. Der ersehnte berufliche Erfolg hat erst mal Vorrang, was noch zig Jahre dauern kann."

„Deine Stalkerin? Ärgert sie dich immer noch?

Ramona nickte und verschränkte abwartend die Arme. Egon wusste immer, was sie gerade hören wollte. Es war kein billiger Trost, der aus seinem Munde kam, sondern Weisheiten eines langen, belesenen Lebens. Sie liebte seine Aussagen auch wegen der melodischen Sprache, welche Egon an den Tag legte, wenn es um Schriftstellerei ging.

„Bücher sind unberechenbar. Mach es nicht von einer Person abhängig. So manches Werk liegt wie Blei am Boden, und am nächsten Tag kannst du es am Himmel erblicken, ohne Fernglas. Absichtliche Verrisse mussten Schriftsteller zu jeder Zeit hinnehmen. Die Findigen beachteten diese gar nicht, sondern bewahrten ihre geheimnisvolle Welt der Schweigsamkeit und Muse. Besonders Listige schossen literarisch zurück – die Waffe aller Autoren – vorausgesetzt natürlich, die Rezension keimte nur so vor Lügen, und entsprach nicht der ehrlichen Meinung des Verfassers. Jene nicht so breitschultrigen setzten sich jedoch genauer auseinander mit solch schlechter Kritik, und gingen dabei unter. Nichts Vernünftiges entsprang mehr deren Feder, weil der Verstand blockiert wurde, von dem Geschreibsel ihrer größten Neider. Du tätest gut daran, den Findigen zu folgen. Schrei es einmal hinaus, nenn sie beim Namen, danach vergräbst du den Ärger."

Ramona war erstaunt, hatte sie doch erst vor wenigen Tagen, während ihrer Joggingrunde, dasselbe getan. In der Schlucht hielt sie kurz inne, und brüllte gen Himmel, diese Verrückte möge doch endlich aufhören. Alles hatte sie den Bäumen erzählt, sogar wo das Weibsstück haust und diese ebenso namentlich genannt.

Anfänglich war es tatsächlich eine Erleichterung, doch spätestens zu Hause, vor dem Computer, war er wieder spürbar, dieser Verdruss über so viel Ungerechtigkeit.

„Klar kann, will und muss ich mit Kritik leben. Wenn jemanden meine Bücher nicht zusagen, bitte sehr. Aber doch nicht absichtlich negativ bewerten. Das ist doch krank."

„Diese Frau ist nur eine lästige Pferdebremse am Badesee", fuhr Egon fort. „Sie legt falsches Zeugnis über dich ab, saugt sich alles aus den Fingern, und präsentiert gleichzeitig das ihrige, in ihren schriftlichen Wutausbrüchen. Solches Machwerk ist stets der Spiegel jener Person, die dahintersteckt. Sie bestraft sich selbst, ohne dies zu bemerken. Keiner mag sie, jeder versucht sie zu vertreiben. Allerdings hast du ein größeres Problem – einen ernst zu nehmenden Stalker. Nicht so lästig wie diese Blutsaugerin, aber weitaus gefährlicher."

„Ich… noch einen?"

„Dieser beobachtet dich seit einem Jahr. Die Liebe hat ihn dazu getrieben, und die Eifersucht macht seinen kranken Kopf noch kränker." Mit seiner rechten Hand begann Egon auf Stirnhöhe einen Scheibenwischer nachzuahmen.

„Würd ich wohl wissen, wenn mir jemand folgt. Egon, sind Sie sicher, dass mit Ihnen alles in Ordnung ist?"

„Wenn ich dich überzeugen kann, dann ja. Hör mir zu. Dieser Junge beobachtet dich, während du durch die Schlucht joggst. Er lauert oben, am Steilhang. Natürlich beschattet er dich auch anderswo. Hättest du jemals heimlich aus diesem Fenster hinausgesehen …", Egon deutete an ihr vorbei. „… dann hättest du ihn gesehen. Gegenüber, an der Werbesäule, da lehnte er meist."

Ramona schälte sich aus dem Sessel und ging in Richtung des Fensters. „Ich habe hier schon ein paarmal die Scheiben geputzt", erwähnte sie.

„Ja, dann hielt er sich versteckt."

„Und wo ist er jetzt?" Ramona blieb hinter den Vorhängen stehen und lugte hinaus.

„Untergetaucht. Die Polizei sucht ihn bereits."

„Hat er etwas ausgefressen?" Ramona kehrte wieder zurück und ließ sich in den Ohrensessel fallen.

„Ja, und dafür wird er auch für neun Jahre eingesperrt. Allerdings in einer geschlossenen Psychiatrie. Dieser Junge ist zurückgeblieben; weiß nicht, was er tut. Ähnlich wie deine Stalkerin. Allerdings kommt dieser Junge danach wieder frei und…"

„Stopp! Woher wollen Sie das alles wissen? Oder geben Sie mir gerade einen versteckten Anstoß für eine neue Story."

„Hör zu, Ramona. Auch wenn es sich verrückt anhört, ich bin nicht senil. Du wirst in der Zeit, in der dieser Mann freikommt, eine Tochter zur Welt bringen. Ihr tauft sie Lieselotte."

„Wir? Lieselotte. Der Name gefällt mir nicht; also schon unmöglich."

„Lass mich bitte aussprechen. Dieser Mann wird dir deine Tochter entreißen, sie missbrauchen und anschließend töten." Der Greis hatte plötzlich Tränen in den Augen und fing an, am ganzen Körper zu schlottern.

„Egon, hören Sie auf! Was ist nur in Sie gefahren. So eine schreckliche Vorhersage. Ich rufe jetzt Dr. Franz an, denn irgendetwas stimmt heute nicht mit Ihnen."

„Nein. Du musst den Jungen töten. Stoß ihn die Schlucht hinunter, wenn er morgen früh auf dich lauert. Lass es aussehen, wie einen Selbstmord. Du musst eine gute Stunde vor deiner Joggingrunde dort oben sein, dann wirst du es sehen. Verpasst du diese Chance, ist es zu spät. Übermorgen schnappen sie ihn."

„Gütiger Himmel, Egon."

„Ich möchte, dass du nun gehst, Ramona. Nur eines noch. Stehe zu deinem Pseudonym. *Leonora Maroni* ist dein zweites ich, deine schreibende Seele. Sie würde dir niemals verzeihen, wenn du dich ihrer entledigst. Sie würde dich blockieren, schlimmer als deine Stalkerin. Bleib *Leonora Maroni* treu, denn sie ist ein Teil deines

Ich´s. Geh lieber neue Wege mit ihr, schreib Geistergeschichten oder fantastische Literatur."

„Ich glaube aber nicht an Geister, nur an Verwirrtheit. Und verzeihen Sie mir Egon, aber das sind Sie im Moment."

„Glaubst du denn an deine Krimis und Thriller?"

„Nein, eigentlich sind diese noch viel zu harmlos. Die Welt da draußen ist bei Weitem schrecklicher – nur so genau möchte man das gar nicht wissen."

„Siehst du, dann bring Geschichten zu Papier, die du ertragen kannst, die du ohne Hemmungen übertreiben kannst. So einfach sieht das Erfolgsgeheimnis der erfolgreichen Autoren aus. Sie haben keinerlei Skrupel, sondern geben dem Plot genau das, was er verlangt – ohne darüber nachzudenken, was sich der Leser wohl für eine Meinung über den Schreibenden bilden mag. Schreib also in einem Genre, dessen Grenzen du hemmungslos überschreiten kannst. Und nun geh und verhindere, was du nur noch Morgen verhindern kannst. Ich bin Müde, Ramona; muss mich ausruhen."

„Nur wenn Sie mir versprechen, dass wir zum Arzt gehen, sollte Ihr Zustand nicht besser werden."

Der alte Mann nickte. Noch immer war es unangenehm frisch in der Wohnung.

Ramona überprüfte nochmals die Heizkörper, doch allesamt waren sie warm.

Ich werd doch nicht krank werden? – dachte sie und verließ die Wohnung.

Noch Hanebüchener:

Kaum zu Hause angekommen, plagte Ramona sogleich ihr schlechtes Gewissen. Sie hätte darauf bestehen müssen, im Beisein von Egon bei Dr. Frank anzurufen.

Was haben wir heute? Dienstag. Die Praxis müsste noch offen sein, überlegte sie.

Sie fand ihr Handy am Schreibtisch. Wie schon so oft hatte Ramona es hier liegenlassen. Was war sie doch zerstreut in letzter Zeit.

Drei verpasste Anrufe. Meine Chefin. Na toll, das gibt bestimmt Ärger. Ich muss künftig dran denken, das Teil mitzuschleppen.

Ehe Ramona die Nummer ihrer Chefin wählte, klingelte sie noch kurz in der Arztpraxis durch. Die Sprechstundenhilfe meinte, Dr. Frank wolle sie schnellstmöglichst zurückrufen. Er kannte Ramona, war sie doch neuerdings mit dabei, wenn Egon seinen Hausarzt aufsuchte, was nicht selten vorkam, da er Blutverdünner einnehmen musste. Der Rückruf in der Firma musste noch etwas warten, um die Leitung freizuhalten.

Jetzt, mit etwas Abstand, kam ihr Egons schreckliche Vision noch krankhafter vor, als in dessen Wohnung. Unumgänglich, hier einen Arzt einzuschalten.

Um sich die Wartezeit zu vertreiben, schaltete Ramona ihren PC ein.

„Locker bleiben", sagte sie sich, in sicherer Erwartung eines neuen Verrisses. „Eine lästige Pferdebremse am Badesee, herrlich. Wie recht du hast, Egon."

Nichts, keine neue Rezension seitens ihrer Stalkerin. Ganz im Gegenteil. Die Novelle, welche sie vor einem Monat veröffentlicht hatte, wurde relativ positiv angenommen. *Welch verdienter Lohn.* Was hatte sie sich doch gequält, um wenigstens etwas im Schreibfluss zu bleiben, wenn derzeit schon kein Roman drin war.

Was ist los mit dir, Hexe? Haben sie dir deine Accounts gesperrt? Oder den Strom abgestellt? Was für ein beflügelnder Gedanke.

Wahrscheinlicher ist, sie hat diese Geschichte noch nicht entdeckt. Bis jetzt ist diese Story noch nicht mit meinem Autorenprofil verlinkt. Besser wär´s, das würde nie geschehen. Trotzdem seltsam, solche Leute wie die Hexe sitzen doch entweder auf dem Klo, oder vorm PC.

Um nicht doch noch fündig zu werden, lockte sich Ramona vom Internet aus und öffnete stattdessen ihren Manuskriptordner. Ein Doppelklick, schon erschien der Titel ihrer derzeitigen Herausforderung.

Noch nie war sie so untätig vor einer Geschichte gesessen, wie vor dieser. Ramona war keine *Plotterin*, trotzdem war der rote Faden, dem die Story mitsamt der Figurenentwicklung folgte, in etwa in ihrem Kopf. Mittendrin ging alles wie von selbst. So war es zumindest bisher, in jener Zeit vor der Hexe.

Auch heute spornte sich Ramona an: „Der Zauber kommt während des Schreibens. Tu es! Lass deine Figuren treiben, was sie wollen; und misch dich ja nicht ein, *Leonora Maroni*! Nur, schaff endlich die Voraussetzungen, damit sie zum Leben erwachen. Bau ihnen eine Stadt, eine dunkle Höhle oder schick sie von mir aus ins All – meinetwegen auch zum Teufel – aber hau in die Tasten!"

Doch alles, was sie bisher geschrieben hatte (ohne es wieder zu löschen), war:

Hanebüchen
Von Leonora Maroni

Lediglich Titel und ihr Pseudonym; noch kein einziger brauchbarer Satz. Dahinter blinkte der Corsur und wartete sehnsüchtig, endlich durch die leeren Seiten gejagt zu werden.

Der erste Satz muss passen, den Leser reinziehen. Da braucht es Zeit, belog sie sich erneut und versank mit dem Gesicht in den verschränkten Armen, um mit ihren Pulloverärmeln die Tränen zu trocknen.

Erst als das Handy klingelte, schrak sie wieder auf. Noch keine fünfzehn Minuten konnten vergangen sein, sonst hätte der Monitor auf Energiesparmodus umgeschaltet.

„Meine Güte", murmelte sie und traute ihren Augen nicht.

Hanebüchen
Von Leonora Maroni
Eine gespenstische Geschichte

Eine gespenstische Geschichte! Wann habe ich das je getippt? Unmöglich!

Schreib eine Geistergeschichte, fielen ihr Egons Worte wieder ein. Das Handy klingelte derweil immer noch.

Egon. Stimmt, das wird sein Hausarzt sein.

„Hallo!"

„Guten Abend. Dr. Frank am Apparat."

„Gu... guten Abend Herr Doktor. Ich... ich... entschuldigen Sie, ich war grad eingenickt. Sie erinnern sich an mich?"

„Ja, Sie waren doch Herrn Walzmanns Pflegehilfe."

„Bin ich nach wie vor. Deshalb rufe ich auch an. Er war heute nachmittag so merkwürdig, redete wirres Zeug."

„Wann sagten Sie?"

„Heute nachmittag; bei ihm, in seiner Wohnung."

„Wenn das ein Scherz sein soll, dann ein ziemlich schlechter. Sie meinen wohl gestern Nachmittag." Dr. Frank klang plötzlich ziemlich verärgert.

„Ich verstehe nicht. Wieso ein Scherz; und warum gestern? Ich war noch vor einer Stunde bei ihm in der Wohnung."

„Herr Walzmann wurde vergangene Nacht ermordet. Ich war heut morgen persönlich am Tatort, weil mich die Polizei darum gebeten hatte."

„BITTE!? Was erzählen Sie mir da! Unmöglich. Ich habe doch eben noch..."

„Haben Sie etwas getrunken?"

„Natürlich nicht! Und ich nehme auch keine Drogen, Tabletten oder sonst so ´n Scheiß!" Sie klang aggressiv, wusste das, und versuchte die Situation zu retten. „Entschuldigen Sie, Dr. Frank.

Vermutlich hatte ich einen Albtraum." *Und was für einen intensiven,* dachte Ramona dazu.

„Schon gut. Sie sollten Ihren Hausarzt aufsuchen. Es war für uns alle ein ziemlicher Schock", schloss der Doktor ab und verabschiedete sich anschließend.

Hat der Arzt das wirklich gesagt? Egon ermordet? Vermutlich träume ich gerade. Ja, das mit Egon war real, und nun schlaf ich tief und fest. Wach auf, Ramona! Mann oh Mann, meine Nerven liegen blank.

Sie hämmerte sich mit den Handflächen auf die Oberschenkel. Keine Chance, Ramona war seit in der Frühe wach. »*Der Mann kommt frei und wird deine Tochter missbrauchen und anschließend töten* «, hatte ihr Lieblingspatient sie gewarnt. Zu der Zeit schien Egon aber äußerst lebendig.

Was geht hier vor? Gleich drauf fiel ihr ihre Chefin wieder ein. Die entgangenen Anrufe. Jetzt erst bemerkte Ramona, wie sehr ihre Hände zitterten. Wenigstens musste sie nur die Wahlwiederholung drücken.

„Ramona, endlich!", meldete sich Frau Gerstner.

„Entschuldigen Sie, ich konnte mein Handy nirgends finden."

„Sie wissen schon Bescheid, oder?", fragte die Chefin mit einer gewissen Vorsicht in ihrer Stimme. Sie wusste um die besondere Beziehung, welche Ramona mit dem alten Mann pflegte.

„Ist das denn wahr?"

„Ja. Stellen Sie sich das nur mal vor, Ramona… in unserer kleinen Stadt. Bald ist man nirgends mehr sicher", wetterte ihre Chefin. „Heute stand doch ein Hausbesuch an? Haben die Polizisten Sie nicht befragt? Eigentlich müssten die das tun."

„Frau Gerstner; selbst wenn Sie mich für verrückt halten, aber bei Herrn Walzmann war alles in Ordnung. Fast alles. Er war… ja, er war ein wenig verwirrt, aber quicklebendig. Und von Polizei keine Spur."

„Ramona, Süße – ich weiß, wie sehr Sie Herrn Walzmann mochten. Das ist wohl der Schock."

Natürlich hatte sie weder geschlafen, noch einen Schock erlitten. Doch Ramona hielt es von nun an für angebracht, mitzuspielen. Sie musste Zeit gewinnen, um Entscheidungen zu treffen. Eine Zwangseinweisung ins Krankenhaus könnte ihrer künftigen Tochter das Leben kosten.

Meiner Tochter? Lieselotte? Jetzt glaub ich es schon selbst.

„Du muss den Schlüssel zu Herrn Walzmanns Wohnung schnellstens hier abgeben", fuhr Frau Gerstner fort und schwankte dabei, wie so oft, ins *Du* über. „Ist ja nun ein Tatort. Und lass es bleiben, dort vorbeizugehen. Das macht den armen alten Mann auch nicht mehr lebendig. Wahrscheinlich ist die Türe ohnehin versiegelt. Es reicht ja nicht, dass neuerdings die Einbrecher aus aller Herren Länder auf uns losgehen, wie die Wespen auf die Cola. Jetzt töten sie schon alte und wehrlose Leute."

„Hat man den Täter schon?"

„Die Polizei denkt, der Haber-Bub war es. Ist scheinbar auch untergetaucht. Trotzdem, ich glaub nicht daran. Der ist zwar zurückgeblieben… aber deswegen gleich jemanden töten? Ist ja auch das Einfachste, man beschuldigt den… entschuldige!… Dorftrottel. Der kann sich wenigstens nicht wehren."

„Aber der ist doch schon lange kein Bub mehr?", merkte Ramona an. Natürlich kannte sie ihn vom Sehen.

Moment! Der könnte glatt mein Stalker sein, fiel ihr plötzlich ein. *Angeblich ist der auch zurückgeblieben. Egon behauptete es zumindest, und nun soll dieser Haber meinen Egon ermordet haben?*

„In unserer Stadt wird er immer der Haber-Bub bleiben, egal wie alt er ist", schlussfolgerte die Chefin derweil.

„Ich kenne ihn ja nicht persönlich", antwortete Ramona.

„Ach, der tut nichts; lungert nur herum, wenn ihn sein Vater, der alte Haber-Bauer, mal freilässt. Armer Bub. Hat bestimmt mehr Zeit auf dem Traktor oder im Kuhstall verbracht, als in der Schule. Man könnte sagen, der alte Haber hat seinen Sohn als Arbeitskraft gezeugt."

„Und niemand hat etwas unternommen?"

„Ach Ramona, Sie wissen ja, wie das ist. Bringen Sie mir nun den Schlüssel?, damit ich endlich nach Hause kann."

„Ja, ich mache mich nur noch schnell ein wenig zurecht."

„Beeil dich, Süße."

Und wie sie sich beeilen würde. Nun musste es ein schlichter Pferdeschwanz tun. Zum Aufbrezeln blieb ihr keine Zeit, wenn Ramona vorher noch zu Egons Wohnung wollte. Sie schlüpfte rasch in ihre Laufklamotten – mit einem kaputten Rücklicht wollte sie nicht umherradeln – und machte sich auf den Weg.

Zehn Minuten später erreichte sie den Altbau, in dem Egon wohnte. Hier draußen auf der Straße schien alles normal. Kein Streifenwagen weit und breit. Die massive, zweiflüglige Eingangstüre war bereits verschlossen. Kein Problem, auch hier draußen passte Ramonas Schlüssel. Mit einem Ächzen gab diese schließlich den Weg frei. Im Flur sprang sogleich das Licht an. Der Bewegungsmelder war wohl das einzig Moderne, welches diesem Gebäude zugestanden wurde. Egon bewohnte das Parterre; gezwungenermaßen. Hier drin gab es keinen Aufzug, und ihr Lieblingspatient war seit Jahren auf den Rollstuhl angewiesen.

Obwohl Ramona ein Leichtgewicht war, knarzte der Holzboden unter ihren Turnschuhen.

War das immer so? Ihr war es nie aufgefallen.

Dafür erkannte sie vor Egons Wohnung sofort das rote Siegel, welches halb am Türstock, halb am Türblatt klebte. *Mist! Also doch. Bist du nun überzeugt, Ramona?*

Hinter ihrem Rücken vernahm sie ein quietschendes Geräusch. Die alte Frau Taler hatte ihre Tür einen Spalt breit geöffnet und lugte hervor. Ramona kannte sie nur flüchtig, wusste aber, dass dieser Frau so gut wie nichts entging.

„Die Krankenschwester kommt zu spät", krächzte die Greisin. Ramona ging ein paar Schritte auf Frau Taler zu, um deren Worte besser zu verstehen.

„Schrecklich, was mit Egon passiert ist", fuhr die alte Frau fort. „Der depperte Haber-Bub war´s gewesen."

„Sagt das die Polizei?"

„Nein, Kindchen. Das sag ich. Hab ihn ja gesehen, wie er heut Morgen aus Egons Wohnung gestürmt ist. Gleich drauf hab ich die Rettung gerufen. Der Haber-Bub hat ihn mit einem Kissen erstickt; das sagt die Polizei. Seit Mittag sind die Schandarme weg, dabei sollte doch jemand das Haus bewachen."

„Ich bring ihn um", murmelte Ramona und ballte die Hände zu Fäusten.

„Was hast du gesagt?"

„Ich äh… ob Sie Angst haben?"

„Was denkst du denn? Ich habe meinen Sessel hinter der Wohnungstüre platziert. So entgeht mir kein Geräusch, und ich guck durch den Türspion, falls sich hier etwas bewegt."

Den Sessel hat sie wohl schon länger dort im Hausflur, dachte Ramona. Ihr fiel ein, dass Frau Taler immer zufällig aus ihrer Wohnung trat, wann immer Egon und sie zu einem Termin aufbrachen.

„Sie müssen doch mal schlafen, Frau Taler."

„Bis der depperte Bub gefasst ist, döse ich im Sessel. In meinem Alter schläft man ohnehin nur kurz und seicht, Kindchen. Dafür funktionieren meine Ohren noch sehr gut. Da kann sich keiner unbemerkt anschleichen. Auch nicht der Haber-Bub. Egon soll ihn laut Polizei mit seinem geöffneten Schlafzimmerfenster direkt eingeladen haben. Keine Einbruchsspuren; und gehört hab ich auch nix; also wird's schon so gewesen sein."

„War heut Nachmittag jemand hier, in Egons Wohnung?", wollte Ramona wissen, und hätte ebenso gut fragen können: *War ich hier? Haben sie mich gesehen?*

„Keiner war hier, Kindchen. Nur einzelne Mieter blieben kurz stehen und begafften Egons versiegelte Wohnungstüre. Diese Schaulust." Frau Talers Kopf verschwand und sie zog langsam die Türe wieder zu. „Um elf sind die Polizisten ja schon abgezogen. Bei diesem Sauwetter mit offenen Schlafzimmerfenster. Dieser Egon…"

Somit verschwand Frau Talers Gemurmel und wurde abgelöst vom Rascheln einer Sicherheitskette und dem zweimaligen Verrieglungsgeräusches ihres Türschlosses.

„Was für eine Fiction", sagte sich Ramona und verlies kopfschüttelnd das Haus.

Die restlichen eineinhalb Kilometer zu ihrer Chefin legte sie im Laufschritt zurück. Wenigstens war diese in Eile und bohrte nicht mehr weiter nach.

Ramona wollte rasch nach Hause.

An Schlaf war nicht zu denken, nach all diesen unschönen Geschehnissen. Dennoch versuchte sie, ein wenig auszuruhen.

Morgen galt es schließlich, eine Stunde früher aufzubrechen.

Um Egons Mörder zu stellen.

Sie war sich nun sicher, dass dieser gleichzeitig auch ihr Stalker war.

Haber-Bub:

Irgendwann musste sie tatsächlich eingenickt sein. Zumindest fühlte sie sich erholt, obgleich der ungewohnt frühen Morgenstunde. Die gestrigen Ereignisse kamen ihr nun nicht mehr so unwirklich vor. Egon wollte sie warnen, vor dem Haber-Buben – er wollte Ramona seinen Mörder präsentieren.

Damit ich ihn räche… und alles andere war erfunden? Oder stimmt es tatsächlich, dass ich eine Tochter zur Welt bringe? Und warum hat dieser erwachsene, zurückgebliebene Bub den Egon überhaupt ermordet? Aus Eifersucht, weil ich mich um den alten Mann gekümmert habe!

Schon wieder dieses Gedankenkarussell von letzter Nacht. Los, mach dir Kaffee! – befal sie sich selbst.

Wenig später joggte Ramona durch die beinah menschenleere Stadt. Einzig ein Zeitungsausträger begegnete ihr, der aber kaum Notiz von ihr nahm.

113

Was so eine Stunde früher bewirkt, dachte sie. Das Licht der Straßenlaternen brach schwerfällig durch den Nebel, half ihr aber bei der Orientierung. Heute musste sie einen anderen Weg nehmen, um den Wald aus östlicher Richtung zu erreichen. Und dieser führte durch ein ihr unbekanntes Neubaugebiet.

Nachdem die Häuser endlich hinter ihr lagen, bog Ramona in einen Feldweg ein, der direkt an den Rand des etwa 2900 Hektar großen Laub-Mischwaldes führte. Sie trabte langsam aus und verharrte unter einem mächtigen Feld-Ahorn. Ramonas Orientierungssinn sagte ihr, dass hier ungefähr die passende Stelle sein müsste. Von hier aus sollte sie eigentlich auf die Schlucht stoßen, allerdings längsseits. Allmählich lichtete sich der Nebel. So wie es schien, wollte sich ein goldener Herbsttag Zutritt verschaffen.

Die ersten hundert Meter präsentierte sich der Wald noch Licht- und Moosbedeckt, wie eine Einladung seinerseits, man möge doch hereintreten. Tautropfen lösten sich von den unzähligen Blättern, um den Weg in Ramonas Nacken über den Kragen ihrer Laufjacke zu finden.

Uh, war das unangenehm. Die Luft roch zudem pilzig und vermodert. Der Bewuchs veränderte sich von Schritt zu Schritt. Statt Moos machte Brombeergestrüpp das weiterkommen schwer, an jenen Stellen, durch die noch Licht drang. Wie Schlingen umklammerten diese Ramonas Turnschuhe, sodass sie sich immer wieder befreien musste. *Eine schnelle Flucht ist hier unmöglich*, dachte sie.

Die Brombeeren wurden abgelöst von Weißdornbüschen, was das Vorankommen nicht gerade leichter machte. Auch der Baumbewuchs veränderte sich zusehends und näherte sich den Erdboden. Aus hohen Stämmen wurden Stumpen, die beinahe bis zur Wurzel verästelt und belaubt waren.

Tapfer kämpfte sie sich vorwärts, und versuchte dabei, so leise wie möglich zu agieren. Mal traf sie ein peitschendes Ästchen, mal wurde sie von Disteln traktiert. Dennoch verbot sich Ramona jeden Aufschrei des Schmerzes. Einzig die Vögel vollbrachten ihr Spektakel; pfiffen und zwitscherten munter drein.

Vielleicht wollen sie dadurch meine Geräusche überdecken? Verbündete!, sann Ramona, um sich von der aufkeimenden Angst abzulenken. Bislang hatte sie erfolgreich verdrängt, was nun auf sie zukommen sollte. Noch vor wenigen Minuten kam ihr diese Geschichte vor wie die utopische Handlung eines Fantasy-Drehbuchs, in dem sie zur Hauptdarstellerin auserkoren wurde. *Heut ist Generalprobe.*

Doch je tiefer sie in den Wald eindrang, umso bewusster wurde ihr, dass sie schon bald auf einen Mörder treffen sollte – und sie ebenso morden würde.

Wenn ich hier je lebend rauskomme, ist nichts mehr so, wie es einmal war.

Endlich lichtete sich der Wald ein wenig. Nun konnte es nicht mehr weit sein, bis zum Rande der Schlucht. Diese war aber gut drei Kilometer lang. Der Haber-Bub könnte überall lauern – wenn überhaupt.

Vom Weitem konnte sie schließlich ihr Ziel erkennen. Als würde ein riesiger Spalt den Wald entzweien. Von menschlichem Leben keine Spur. Wenigstens dominierte erneut das Moos den Boden, und Ramona legte sich flach auf den Bauch. Nach ihrer Einschätzung dürfte sie etwa in der Mitte jener Schlucht sein, die sie bislang nur von unten kannte.

Mist! In welche Richtung? Hier bleiben!, lautete die raschelnde Antwort.

Hinter ihrem Rücken knackste Geäst. Wiederholt vernahm sie ein Prusten und Schnauben, als würde sich ein ausgewachsenes Wildschwein seinen Weg durchs Gestrüpp bahnen.

Etwa zwanzig Meter neben ihr tauchte der Haber-Bub abrupt in die Lichtung ein. Sein grau vergilbtes, eng anliegendes T-Shirt war an mehreren Stellen eingerissen. Getrocknetes Blut umrahmte die Risse wie Zähne eines offenen Reisverschlusses. Zudem trug er eine abgeschnittene Armeehose, obgleich der kühlen Witterung.

Den Haber-Buben seine nackten Füße steckten nur halbherzig in den ausgelatschten Turnschuhen – er trug diese wie Glocks, seine Fersen waren wohl Frischluftfanatiker.

Er marschierte stur gerade aus, zum Rande des Abhangs, ohne nach links oder rechts zu blicken.

Mein Glück, dachte Ramona. Natürlich hatte sie ihn schon öfter durch die Stadt laufen sehen, doch ihm nie Beachtung geschenkt, und diesen Zurückgebliebenen lediglich halbherzig wahrgenommen.

Seine Muskeln zeichneten sich deutlich durch den beinahe transparenten, taugetränkten Stoff des zerfetzten T-Shirts ab. Beide Ärmel schienen in seine Haut tätowiert zu sein, so eng umhüllten diese den mächtigen Bizeps des Buben.

Buben? Was für ein Schwachsinn. Dieser Typ ist eine einzige Waffe mit einem Wachtelei auf dem Hals. Abstehende Ohren und die Nase sind bereits geschlüpft.

Tatsächlich sah es aus, als wäre dem massigen Körperbau fälschlicherweise ein Ei aufgesetzt worden, um dieses mit blondem Igelhaar zu schmücken.

Der Schädel ist seine verwundbare Stelle, kombinierte sie.

Mit ausladenden Schritten erreichte der Haber-Bub geschwind die äußerste Kante oberhalb der Schlucht. Gleich drauf legte er sich flach auf den Boden.

Er wartet auf mich? Ich könnte mich anschleichen, ihn an den Füßen packen, als wären diese Schubkarrengriffe, und ihn kopfüber hinunter werfen.

Und wenn er nicht der Mörder ist? Quatsch, ich habe mir das Gespräch mit Egon doch nicht eingebildet. Also los.

Ramona richtete sich auf. Kriechen wäre wahrscheinlich noch geräuschvoller, schätzte sie. Bedächtig schlich sie voran, hielt kurz inne, und bückte sich nach einem Ast, der ungefähr so dick war, wie ihr Unterarm.

Nur zur Sicherheit, falls er mich zu früh entdeckt. Für den seinen Eierkopf könnte der Ast schon reichen. Doch was wenn

*nicht; und es zu einem heftigen Kampf kommt? Ein Messer hätte
ich einstecken sollen! Verdammt!*

*Hilft nichts. Ich tu es für Egon; und für meine ungeborene
Tochter, die ich nie im Leben Lieselotte taufe.*

Völlig regungslos kauerte der Haber-Bub und dennoch schien
er ungeduldig. Ramona konnte es beinahe riechen. Wie spät
mochte es sein?

Hätte ich nicht schon längst dort unten vorbeilaufen sollen?

*Und Egon, woher wusstest du nur, dass dieser Scheißtyp mich
täglich beobachtet?*

Viel zu viele Fragen, die sich Ramona stellte. Fragen, die
einen unbedachten Moment auslösten und ihren rechten Fuß auf
ein ausgetrocknetes Zweigengeäst lenkten. *Knacks!*

Der Eierkopf drehte sich in ihre Richtung.

Ramona verharrte wie eine *Starr-vor-Schreck* Pantomime auf
der Stelle. Einzig ihr Herzschlag sollte den Boden eigentlich zum
Beben bringen.

Ein massiger Körper erhob sich vor ihr, damit dessen viel zu
klein geratener Kopf sich in ihre Richtung einpendeln konnte.
Augen glotzten sie an, in denen Barmherzigkeit völlig fehlte.

Langsam taute das Blut in ihren Adern wieder auf, und sie
wich einen Schritt zurück.

„Bleib ja stehen!", drohte sie den Haber-Buben und schwang
dabei mahnend mit ihrem Ast. „Wieso beobachtest du mich beim
Laufen?" Ramona setzte sogleich auf die Devise: »*Angriff ist die
beste Verteidigung.*«

„Du bist so schön", antworteten Habers Lippen, die geformt
waren, als wollten sie beharrlich ein »*Hu*« von sich geben.

Was ist dieser Kerl im Gesicht eingefallen, fiel ihr auf.
Anscheinend beanspruchte die Muskelmasse sämtliche Nährstoffe
für sich alleine, und jener blasse Kopf war einzig zum Sehen, Hören
und Riechen in diese Welt gesetzt worden, schätzte Ramona und
sprach: „Hör zu. Ich weiß alles. Auch, dass du bereits von der
Polizei gesucht wirst."

„Hab nichts Böses getan. War alt, der Mann. Wär bald gestorben; von selbst", antwortete der Haber-Bub. Er wusste wohl gleich Bescheid, worauf Ramona anspielte.

Plötzlich kam es ihr hirnrissig vor, jenes Vorhaben, den Kerl dort hinunter zu stoßen – den Buben zu ermorden. Es müsste eine andere, natürliche Erklärung für all dies geben. Und ihr nicht vorhandener Kinderwunsch schloss eine Tochter ganz klar aus, selbst in zehn Jahren, da hätte sie drauf gewettet.

„Du kannst doch nicht Gott spielen und Menschen töten! Warum nur?" Seltsamerweise war ihre Angst verflogen und Ramona wollte ihn besänftigen; zum Aufgeben überreden.

„Hast den Mann oft gestreichelt, übers Haar. Habs gesehen, wenn du ihn spazieren geschoben hast. Hast dich auch zu ihm runtergebückt, als wolltest du ihn küssen. Das mag ich nicht sehen."

„Mein Gott! … Egon war mein Patient. Vielleicht habe ich das ja tatsächlich mal getan. Wenn man jemanden gerne hat, kann das schon mal vorkommen; auch unbewusst."

„Patient ist viel Arbeit?" Das klang wie eine Frage. Ramona nickte.

„Arbeit macht dumm, sagt mein Vater. Ich bin schon dumm, meint er auch, und es ist eh schon egal. Also kann ich ruhig mehr tun. Was war ich zuerst? … das verrät er mir nicht; fleißig oder doof. Trotzdem kann ich´s ganz gut; anpacken mit den Händen, mein ich. Vater muss sich jetzt einen anderen Bub holen, denn das weiß ich schon, dass ich mich verstecken muss."

„Einen Menschen zu töten, etwas Dümmeres und Schrecklicheres gibt es nicht!", schrie sie ihn an. All die Wut über Egons Ermordung kam in ihr hoch.

Der Haber-Bub wich einen Schritt zurück und stand nun gefährlich nah an der Kante. Würde Ramona auf der Stelle loslaufen, sie hätte gute Chancen, ihm den Todesstoß zu versetzen. *Einen Menschen zu töten, etwas Dümmeres und Schrecklicheres gibt es nicht?,* fielen ihr soeben jene Worte ein, welche sie vor Sekunden noch ausgesprochen hatte. Sie hielt sich augenblicklich zurück.

„Alte im Rollstuhl pflegen ist doch arbeiten? Ich will nicht, dass du dumm wirst", sagte er.

„Stell dich der Polizei. Geh in die Stadt, das wäre klug. Glaube es mir, Haber-Bub. So heißt du doch?"

Er nickte und fragte: „Bist du nun stolz auf mich? Du darfst immer klug bleiben, weil du den Alten nicht mehr pflegen musst. Auch die böse Frau hab ich vergraben. Hab sie für dich gefunden, weil du manchmal ihren Namen gerufen hast. Hast fürchterlich geschimpft dabei. Einmal hast du gebrüllt, wo die wohnt."

„Was für eine Frau? Gütiger Himmel, du meinst meine Stalkerin?"

„Ja, das hast du auch geschrien. Stalkerin."

„Du verdammter, gottloser Mörder! Wie viele Menschen hast du denn noch getötet? Spinner!" Ramona hob den Ast empor und ging einen Schritt auf den ängstlich wirkenden Haber-Buben zu.

„Sag das nicht. Sag nicht, dass ich böse war. Die gemeine Frau lebt ja, in einer Kiste hab ich sie im Wald vergraben, damit du sie bestrafen kannst."

„Wo? Wo hast du sie vergraben? Red endlich, du verrückter, irrer Scheißkerl!" Aufgeschreckte Vögel flatterten in alle Richtungen davon.

„NEIN! Sag das nicht. Nicht du!", schrie er und machte einen Schritt zurück ins Leere. Noch taumelte der Haber-Bub – ein Bein in der Luft, das andere am Boden – und ruderte dabei wild mit den Armen. Ramona ließ den Ast fallen und stürmte auf ihn zu, um ihn festzuhalten.

Sie kam zu spät; hätte den massigen Körper ohnehin kaum halten können. Vielmehr wären sie beide in die Schlucht gestürzt. Alles, was blieb, war der markerschütternde letzte Schrei des Buben, ehe er am Boden aufprallte.

Ramona wagte nicht, nach unten zu Blicken.

Der Haber-Bub war gewiss auf der Stelle tot. Kein Mensch konnte so einen Sturz überleben.

119

Und eine Frau war hier irgendwo lebendig begraben.

Die Suche:

Den Ast nahm sie mit, um diesen anderswo im Wald abzulegen. Schließlich befanden sich ihre Fingerabdrücke auf dem Holz.

Erst als Ramona die Weißdornbüsche wieder erreichte, und somit jenen wild wuchernden Teil des Waldes, lehnte sie sich an einen Baumstamm und ließ sich gen Boden gleiten.

Ich habe ihn nicht berührt. Mein Gott. Er ist von alleine gestürzt, ohne mein Zutun. Ich bin keine Mörderin. Immer noch rang sie nach Luft, was wohl mehr der Schock war, als echte Anstrengung. Schließlich war Ramona durchtrainiert.

Ein paar Vögel zwitscherten, keine menschlichen Laute waren zu vernehmen. *Wir haben beide geschrien*, dachte sie. *Gut möglich, dass uns jemand gehört hat.*

Sie beschloss, hier eine Stunde zu warten, um anschließend nach der vergrabenen Frau zu suchen – *um meine Stalkerin zu retten. Nur wo? Und wie? Ich sollte die Polizei alarmieren.*

Und wenn sie mich verdächtigen, den Haber-Buben dort hinuntergestürzt zu haben? Immerhin gibt es eine Verbindung zwischen Egon und mir. Und vor der alten Frau Taler habe ich gesagt, ich werde ihn umbringen. Ob sie es gehört hat? Sicher, der entgeht doch nichts. Ich such erst mal alleine, später kann ich immer noch Hilfe holen.

Nachdem sie wieder gleichmäßig atmete, bemerkte Ramona, wie ausgetrocknet ihre Kehle bereits war. Sie begann, das Blattwerk ringsrum nach Tautropfen zu untersuchen, um diese mit der Zunge gierig aufzunehmen.

Noch immer war alles ruhig. Zeit, aufzubrechen. Eine Stunde müsste beinahe um sein.

Ramona bahnte sich erneut den Weg in Richtung der Schlucht, um von dort aus die linke Seite abzusuchen. Dies war ohnehin ihre Laufrichtung beim Joggen. Somit würde sie unwiderruflich auf die Wanderwege stoßen, was ja nicht sonderlich auffällig wäre, zumal sie das jeden Tag tat. Den Ast trug sie immer noch bei sich, um den Boden abzuklopfen. Diesen könnte Ramona ja später noch entsorgen.

Es war nicht nur der unbändige Durst – wie konnte sie nur ohne ihre Trinkflasche loslaufen? – sondern auch jene Erkenntnis, das diese Suche zwecklos war, die Ramona schließlich veranlasste, den Nachhauseweg einzuschlagen.

Ich muss die Polizei einschalten! Er kann sie überall vergraben haben; und ich habe nicht einmal eine Schaufel bei mir. Wie tief mag sie wohl unter der Erde liegen? Vielleicht ist sie gar schon tot. Oder der verrückte Haber-Bub hat alles nur erfunden.

Ramona ließ einfach den Ast fallen und lief los.

Ghostwriter:

Ehe sie sich ihrer Turnschuhe entledigte, stürmte Ramona in die Küche, wo sie sich sogleich auf eine Mineralwasserflasche stürzte, um deren Inhalt in gierigen Schlucken auszutrinken. Zweimal musste sie absetzen, rülpste verhalten und setzte wieder an.

Fünf Minuten später war zwar ihr Durst gelöscht, allerdings plagte sie nun ein heftiger Schluckauf.

„So kann… Hicks… ich doch… Hicks… nicht bei der… Poliz… Hicks… zei anrufen. Mi… Hicks… Mist!"

Um sich abzulenken – das sollte ja angeblich funktionieren – setzte sich Ramona an ihren Schreibtisch, um ein wenig im Internet zu recherchieren. *Könnte ja sein, dass meine Stalkerin eine neue Rezension geschrieben hat,* hoffte sie. Nicht zu fassen, dass sie sich beinahe einen Verriss von dieser Hexe wünschte. „Dann hätte der Haber-Bub alles nur erfunden und die Frau ist in Sicherheit", … *und kann weiterhin Autorenherzen zerstören,* dachte sie hinzu.

Nichts; keine Schmähkritik. Und der Schluckauf wollte auch nicht weichen.

Ich versuche ein paar Zeilen zu schreiben. Das ist mega-anstrengend und lenkt richtig ab, wegen dieser doofen, stalkergenährten Blockade in mir.

Gesagt – getan. Schon öffnete sich das Word Dokument.

Hanebüchen
Von Leonora Maroni
Eine gespenstische Geschichte

Ramonas Schluckauf verabschiedete sich jählings, als sie weiter las:

Wieder einer dieser Scheißtage, dachte Ramona, obwohl ihre eben zurückgelegte Joggingrunde eigentlich solch düstere Gedanken vertreiben sollte. Zumeist fühlte sie sich nach dem Laufen frei von aller Hektik, doch immer konnte es halt nicht klappen. Dabei hätte sie diesen Scheißtag sicherlich als einen der guten bezeichnet, hätte sie gewusst, dass bereits am nächsten Tag ein Mensch zu Tode kommen sollte. Zu Tode, und Ramona war in der Tat daran beteiligt.

Mein Gott, dachte sie und glitt immer tiefer in die Geschichte hinein. In *ihre* Geschichte, in den gestrigen Tag, aber auch in den heutigen, bis hin zum bevorstehenden Abend. *Das kann doch gar nicht möglich sein. Habe ich das geschrieben? Oder Egon?, wo immer der jetzt sein mag.*

Sie fand die Stelle unweit der Schlucht, unter jenem Baum, welcher wie eine Steinschleuder geformt war – Rechterhand, von dem Haber-Bubens Absturzstelle… stand weiter geschrieben.

Mehr wollte sie nicht lesen, um nicht vollends verrückt zu werden. Sollte sich alles bewahrheiten, würde sie ohnehin das Richtige tun.

So wie eben, weil ich den verdammten PC angeschaltet habe. Keinesfalls wollte Ramona erfahren, wie diese Geschichte denn weiterging, und was sie unweit des Steinschleuder-Baumes erwarten sollte. *Natürlich das Grab der Stalkerin… aber was noch? Kein Mensch sollte auf diese Art in seine Zukunft sehen*, beschloss sie. Genau in diesem Augenblick hegte sie keinerlei Zweifel mehr, dass dies ihre eigene Geschichte war.

Ramona schauderte, bereitete jedoch dem Spuk ein jähes Ende, indem sie einfach mit dem Kippschalter der Steckdosenleiste die Stromzufuhr zum PC kappte. *Aus! Schluss!*

Wenig später lag Ramona auf ihrer Couch, eingehüllt in drei Wolldecken. Dennoch fröstelte sie. Die Heizung in ihrem Wohnzimmer hatte sie kurz nach ihrer Rückkehr auf Anschlag aufgedreht.

Bei Egon in der Wohnung war es ähnlich. Diese unwirkliche, nicht vorhandene Kälte. Egon ist hier und verschwindet auch nicht eher, bis das hier vorbei ist. Und er hat diese Geschichte geschrieben. Soll ich mich nun fürchten?

Ramona beschloss, sich besser nicht zu gruseln. Stattdessen überlegte sie fieberhaft, wie sie denn jetzt weiter vorgehen sollte. *Wenn der depperte Haber-Bub die Hexe erst kürzlich vergraben hat, ist die Erde wohl noch locker,* überlegte sie. *Ich nehme den Klappspaten mit, einen großen Schraubenzieher – diesen auch als mögliche Waffe – und natürlich meine Taschenlampe.*

Und nun sollte ich versuchen, ein wenig zu schlafen.

Die Hexe:

Als Ramona erwachte, war es bereits stockdunkel. Sie hatte sich auf ihre innere Uhr verlassen und daher auf einen Wecker verzichtet. Notfalls hätte Egons Geist sie geweckt, dessen war sich Ramona sicher.

Nur, weshalb zeigt er sich nicht mehr?, grübelte sie.

Es war schon nach 22 Uhr, als Ramona aufbrach. Ihre Utensilien hatte sie in einen Rucksack verstaut. Dieses mal befand sich auch ihre gefüllte Trinkflasche darin. *So einen Fehler mache ich kein zweites mal,* dachte sie, während sie locker gehend die ersten Meter zurücklegte. Entweder hatte sie eine milde Nacht erwischt, oder Ramona war schon so abgehärtet von der unheimlichen Kälte in ihrer Wohnung. Am liebsten hätte sie sich ihrer Jacke entledigt, allerdings war sie zu faul, eigens den Rucksack dafür abzuschnallen.

Sie entschied sich, ihre gewohnte Laufstrecke zu nehmen. Kurz bevor sich die Schlucht auftun würde, müsste sie nur Linkerhand am Rande derselben entlang marschieren. Spärliches Mondlicht wies ihr den weiteren Weg, nachdem sie die Zivilisation hinter sich gelassen hatte. Trotzdem wagte sie es noch nicht, ihre Taschenlampe zu benutzen. Hier, am Rande des Waldes, befanden sich weitläufige Wiesen und Felder, auf denen Hochsitze emporragten. Ein Jäger würde sich sicherlich wundern, wenn nachts jemand in den Wald schlich.

Der Weg war gut zu erkennen, doch schon bald müsste sie auf einen Trampelpfad ausweichen, welcher direkt zur Schlucht führte. Endlich wagte es Ramona, ihre Taschenlampe anzuknipsen. Die innere Ruhe von heut Nachmittag war vollends gewichen. Wiederkehrend vernahm sie ein Rascheln ganz in der Nähe. *Bitte, lieber Gott, lass es kein wildgewordenes Wildschwein sein,* flehte sie. Dann war es kurzzeitig wieder still. Nur das Geknister kleinerer Äste unter ihren Schuhen war zu hören. Gespenstisch.

Von irgendwoher erreichte sie ein hohes Fiepen. Und erneut ein Blättergeraschel. *Und wenn mich der Haber-Bub Geist heimsucht? Egon ist mir ja auch erschienen. Bin ich ein Medium? Oder nur...* „Ihhh!", kreischte Ramona.

Das Reh kam so urplötzlich über den Pfad geschossen, dass Ramonas Herz beinahe zum Stillstand gekommen wäre. Zumindest blieb ihr die Luft weg. Sie musste erst einmal tief durchatmen; um Fassung ringen. *Was für ein Horrortrip,* dachte sie, und ließ ihren Oberkörper locker nach unten hängen.

124

Auf alles gefasst schlich sie schließlich weiter und erreichte schon bald den Zugang zur Schlucht. Wie geplant hielt sie sich Linkerhand. Der Weg stieg nur leicht an. Somit war klar, dass sich jene Schlucht tatsächlich durch den Wald gefräst hatte, gleich einem Wildwasserbach.

Sie musste höllisch aufpassen, wohin sie trat, um nicht zu stolpern oder auf ein unbefestigtes Stück Weg zu geraten. Die Schlucht neben ihr sah in der Dunkelheit beinahe verführerisch aus, gleich einer asphaltierten Straße auf gleicher Höhe wie der Waldboden. Kaum zu glauben, dass es inmitten des dunklen Streifens steil bergab ging.

Irgendwo dort unten liegt der Haber-Bub. Und hier oben die Hexe – verscharrt unter der Erde. Lass ich sie drin, hab ich künftig meine Ruhe.

Natürlich würde Ramona die Hexe befreien, doch der Gedanke, es dieser Frau heimzuzahlen, war ein Erbaulicher.

Mittlerweile hatte sie ein gutes Viertel der Schluchtlänge zurückgelegt. Hier oberhalb war der Bewuchs eher spärlich.

Und plötzlich erblickte sie ihn. Zwei mächtige Stämme, die aus der selben Wurzel stammten, ragten in die Höhe. Entweder war der Steinschleuder-Baum erkrankt, oder der Herbst hatte sich bei ihm besonders ins Zeug gelegt. Der Boden war zwar ringsrum mit Moos und Laub bedeckt, allerdings galt dieses Bild für den gesamten Wald. Andere Bäume glänzten allerdings noch golden und weigerten sich beharrlich, ihr Blattwerk vollends zu verlieren.

Vielleicht war der Bub so deppert, dass er sich ansonsten den Platz nicht merken hätt können? Daher unter dem einzig kahlen Baum, erwog Ramona. Rasch schnallte sie sich den Rucksack ab, um den Schraubenzieher hervorzuholen. Mit dem Werkzeug wollte sie auf den Knien robbend den Boden abklopfen – und sich verteidigen, falls die Alte nach ihrer Befreiung durchdrehen sollte. *Doch wie tief ist das Loch, in dem sie liegt?*

In einem abnehmenden Radius von geschätzten zehn Metern fing Ramona an, den Baum zu umkreisen. *Vermutlich liegt sie*

125

weiter außen, weil hier weniger Wurzelwerk ist, nahm sie an. *Allerdings stammt der Haber-Bub aus einem Bauernhof, folglich kein Problem, mit schwerem Gerät hier überall Löcher zu buddeln.*

Als der Radius noch etwa sieben Meter betrug, vernahm Ramona plötzlich ein Geräusch, das im Wald eigentlich nichts verloren hatte. Es schien einem vermoosten Baumstumpf zu entweichen.

Da schnarcht doch jemand? Ist nicht wahr! Vorsichtig näherte sie sich dem natürlichem Lautsprecher – bereit, jederzeit mit dem Schraubenzieher zuzustechen – auf wem auch immer.

Eindeutig. Oberhalb des Stumpfes musste eine gut getarnte Röhre nach unten führen.

Wiederrum schnallte Ramona ihren Rucksack ab und holte den Klappspaten heraus. So war es ein Leichtes, die Oberfläche des Baumstumpfes von Moos und Lehm zu befreien. Tatsächlich. In der Mitte entdeckte Ramona das Ende eines grauen Kunststoffrohres, welches dort im 90° Winkel gebogen war. *Wegen Regen,* fiel ihr ein.

Und nun? Ich sollte sie erst einmal wecken. Wer weiß, was mich dort unten erwartet. Könnte auch jemand anderes sein. Vielleicht ein ausgehungerter, zum Kannibalen gewordener Irrer, der hier eingebuddelt wurde.

„Hallo", flüsterte sie ins Röhrchen. Als Antwort bekam sie ein Grunzgeräusch zu hören, welches schnell in ein Husten überging.

„Wer ist da?", hallte es aus dem Rohr. Eindeutig die Stimme einer Frau.

„Das tut nichts zur Sache. Brauchst du Hilfe?"

„Vorsicht! Er ist bestimmt hier in der Nähe. Hat gesagt, er lässt mein Grab nicht aus den Augen, falls ich schreie oder so."

„Hier bin nur ich. Bist du die Stalkerin?"

„Was für eine Stalkerin?"

„Na, schreibst du Indie-Autoren an, und möchtest in deren Texten herumpfuschen, gegen Bares? Lüg mich ja nicht an!"

„Ja, ich bin freie Lektorin. Ähm… möcht ich werden… würd ich gern."

„Und? Was passiert, wenn die Autoren ablehnen? Schließlich sind deine E-Mails ja schon voller Fehler."

„Habe ich dich etwa angeschrieben? Bist du eine Schriftstellerin?"

„Ja! Beantworte meine Frage, Hexe! Sonst hol ich den Irren zurück! Der gräbt dich aus und wir grillen dich."

„Ich... äh... ich... schreibe böse Rezensionen, wenn einer ablehnt. Es tut mir so leid. Bitte hol den Irren nicht! Er will mich einer Frau opfern, als Zeichen seiner Liebe. Hat mich eigens dafür entführt. Bist du diese Frau?"

„Schon möglich. Vielleicht verjage ich ihn, er ist nämlich grad wieder zurückgekehrt; oder wir beginnen mit der Opferung. Liebesbeweis? Mhhh? Ich könnte es mir mal ansehen. Der Irre sabbert schon. Verdient hast du es jedenfalls!"

„NEIN! Ich versprech´s. Alles wird gelöscht... ALLES! Nix wird mehr geschrieben, ich werf meinen Laptop in den Müll – so einfach. Nur schick den Irren weg und hol mich hier raus. BITTE!"

„Also gut. Liegst du auf dem Rücken?"

„Nein, auf dem Bauch. Und das, seit ich in dieser engen, hölzernen Kiste bin. Unmöglich, mich hier umzudrehen."

„Sehr gut. Ich will nicht, dass du mein Gesicht siehst. Es kann aber dauern, bis ich dich befreien kann. Ich muss erst die exakte Stelle finden."

„Oh Danke. Meine Güte. Ist er weg?"

„Husch, Irrer! Hinfort mit dir!", rief Ramona und klatschte dabei in die Hände. „Ich hab ihn grad vertrieben. Wenn du Mucken machst, kommt er wieder, und zwar zähnefletschend."

„Nein, nein. Mein Wort."

Rasch war das Stück Erde gefunden, unter dem die Hexe begraben lag. Ramona musste nicht einmal schaufeln, sondern konnte den Waldboden glatt abschaben. Zum Vorschein kam ein moderiger Holzdeckel – diese Kiste musste schon lange hier verborgen sein – der nicht einmal gesichert war. Das Teil lag tatsächlich lose auf dem selbstgezimmerten Sarg; darüber höchstens zehn Zentimeter Muttererde. Vermutlich endete das Entlüftungsrohr an der Stirnseite dieser Holzkiste, am Deckel war nichts zu erkennen. So war wenigstens für Sauerstoff gesorgt.

Ramona schob ihre Jackenärmel bis über die Finger, um ja keine Spuren zu hinterlassen, während sie den Deckel anhob. Beißender Fäkaliengestank blies ihr entgegen. Sie ließ den Deckel einfach seitlich wegkippen und wich einen Schritt zurück. „Liegenbleiben!", warnte sie die Hexe. Anschließend verstaute Ramona ihr Zeug wieder im Rucksack, um schnellstens aufbrechen zu können. Nur die Taschenlampe hielt sie noch in Händen.

Endlich wagte sie sich einen Schritt vor und hielt den Strahl ihrer Lampe direkt in den Sarg gerichtet. Die Hexe lag tatsächlich auf dem Bauch.

So musste sie begraben worden sein. Umdrehen dürfte ihr tatsächlich schwerfallen. Bei dem dicken Hintern beinahe unmöglich, dachte Ramona. „Du hättest hier fliehen können, Hexe. Kaum Erde auf der Truhe und nicht mal Nägel im Deckel. Hintern anheben, und du hättest jedes Hindernis weggewalzt."

„Er hat gedroht, dass er mich immerzu beobachtet. Ich hatte Angst zu fliehen… oder um Hilfe zu rufen. Und wie sollte ich denn wissen, wie tief ich unter der Erde liege."

Dieses Argument ließ Ramona durchgehen. Sie sah die Hexe nur von hinten. Diese hatte ihr Haar zu einem schlichten Pferdeschwanz gebunden. Natürlich hatte die Hexe gelitten, dennoch war sich Ramona sicher, hier eine allgemein ungepflegte Frau vor sich zu haben. Eine solche, nach der man die öffentliche Toilette nicht mehr benutzen möchte, wenn diese vorher in der Kabine saß. Das zeigten schon ihre nach vorne ausgestreckten Hände mit den gelben, überlangen Fingernägeln.

Auf Kopfhöhe der Stalkerin lagerten etliche Kunststoff-Wasserflaschen sowie einige Erdnusspackungen. Manche waren bereits geleert. Ramona entdeckte auch zwei Einwegfeuerzeuge, die wohl nicht mehr funktionierten.

So hat sie also überlebt.

128

„Hör zu!", befahl Ramona. „Du wartest hier noch zehn Minuten, dann kannst du abhauen. Solltest du eher hier rausklettern, holt dich der Irre. Und noch ein Verriss irgendwelcher Bücher – ich kenne deine sämtlichen Nicknamen, und bekomm deine Neuen heraus – und wir buddeln dich erneut ein."

„Ja, ja, ja", krächzte die Hexe.

Rasch verteilte Ramona mit dem Fuß die hinweggeschobene Erde – damit nichts auf eine Befreiung von außen hindeutete – und schlich sich davon.

Unerwartete Schlagzeilen:

Am nächsten Morgen war Ramona guter Dinge. Bereits gestern wurde der Haber-Bub tot aufgefunden, so die hiesigen Schlagzeilen.

Während ich auf der Couch schlief, erinnerte sie sich.

Die Polizei geht von Selbstmord aus, stand geschrieben – und genau das war es, worauf sie so sehr hoffte. *Verdacht auf Suizid.* Jener Tipp, der Bub könnte sich im Wald versteckt halten, kam vom alten Haber-Bauern.

Ramonas Laune verflog jählings, als sie die nächste Schlagzeile las.

Tote Frau an der selben Stelle gefunden, wo tags zuvor der gesuchte Mörder lag.

Ein weiterer Selbstmord wird aber ausgeschlossen. Vermutlich wurde das Opfer vom selben Täter lebendig begraben, der für den Rentnermord verantwortlich ist und am Vortag in der Schlucht tot aufgefunden wurde.

Die Frau konnte sich aus ihrem Gefängnis befreien, ist danach wohl hilflos und panisch umhergeirrt, um schließlich in die Schlucht zu stürzen. Die Kiste, in der sie lag, war belüftet und nur knapp unter der Erde vergraben. Selbst der Deckel war nicht gesichert. Insgesamt wurden in unmittelbarer Nähe des Tatortes drei vergrabene, sargähnliche Holzkisten geborgen.

Eine davon war wohl extra für ein Kind gebaut worden, so ein Polizeisprecher.

Mist, das wollte ich nicht. Ich wollte, das sie lebt. Rettungsaktion misslungen.

Ein Kindersarg! Gütiger Himmel.

Egon, solltest du recht behalten?

Ramona kämpfte mit den Tränen. Sie trauerte um Egon; trauerte um ihre Stalkerin.

Doch schon bald gelang ihr ein Lächeln, wusste sie doch neuerdings, dass es eine Existenz nach dem Ableben gab.

Wohl auch für eine Hexe und dem Haber-Buben.

12 Jahre später:

Über ein Jahr hatte Ramona seinerzeit gehadert, *Hanebüchen* zu veröffentlichen. War es doch Egons Werk. Eines Tages aber fasste sie den Entschluss, es doch zu tun. Warum sonst hätte er diese Novelle niedergeschrieben. *Doch nicht nur, damit ich die Hexe finde,* überlegte sie.

Hanebüchen wurde zu ihrem Sprungbrett, der Name *Leonora Maroni* ein Begriff in der fantastischen Literatur. Baldigst meldeten sich Verlage bei ihr, und seit sieben Jahren konnte Ramona vom Schreiben leben.

Immer noch war sie gleichfalls diszipliniert wie eh und je, nicht nur, was ihre Arbeit betraf. Auch ihre morgendliche Joggingrunde behielt sie bei. Danach widmete sie sich stundenlang dem Schreiben. Ramona ließ sich dabei treiben, von ihren Figuren – jeder Widerstand wäre ohnehin zwecklos gewesen.

Niemand störte sie dabei.

Denn überwiegend sahen sie sich am Wochenende (weshalb ihre Beziehung wohl immer noch gleichfalls harmonisch war, wie am ersten Tag), da Marcel lediglich Kurzstrecken für Geschäftsleute flog.

Auch *dieses* Wochenende würden sie gemeinsam verbringen.

Ramona wurde angst und bange, bei dem Gedanken daran. Ihre Gefühlswelt war in heftige Turbulenzen geraten. Gerade weil sie Marcel so sehr liebte.

Doch noch länger konnte sie es nicht mehr vor ihm verbergen, nicht noch mehr kaschieren – Marcel keine weiteren Migräneattacken mehr vorspielen. Womöglich würde sie ihn an eine andere verlieren – ihn, den stattlichen, ansehnlichen Piloten.

Den Vater ihrer ungeborenen Tochter.

Wochenende:

Marcel weinte, nachdem Ramona seine Frage mit einem freudigem *Ja* beantwortet hatte.

Danach saßen sie zusammengekuschelt auf dem Sofa und unterhielten sich.

Es war das Erste mal, das Marcel so vieles von sich preisgab. *Wohl weil er nun Ehemann und Vater wird*, überlegte Ramona. Sie erfuhr erstmalig von seinen Eltern, die bei einem Autounfall ums Leben gekommen waren, als er kaum sechs Jahre alt war. Danach wuchs Marcel bei seinen Großeltern auf.

Diese hätten sich immer Enkelkinder gewünscht, erzählte Marcel. Denn ihn betrachteten sie seitdem als ihren eigenen Sohn.

„Was würden die beiden sich jetzt freuen", redete er weiter, und strich sanft über Ramonas Bauch.

„Und du findest nicht, dass ich mit 36 Jahren eine zu alte Mutter bin?"

„Ich bitte dich, Ramona. Du wirst die wundervollste Ehefrau und Mutter, die diese Welt je gesehen hat."

Dieses Kompliment erwiderte sie mit einem sanften Kuss.

„Ramona? Ich habe nur einen Wunsch. Wirst du mir den erfüllen?", fuhr er fort.

Sie nickte, obwohl sie den Wunsch nicht kannte.

„Ich möchte, dass unsere Tochter auf den Namen Lieselotte getauft wird."

Ramona erstarrte vor Schreck. Mit weit aufgerissenen Augen guckte sie ihn an.

„Alles in Ordnung mit dir? Ich weiß, der Name mag vielleicht altmodisch klingen. Doch meine Großmutter hieß so. Und…"

„Schon gut. Ist in Ordnung", unterbrach sie ihn. „Allerdings bestehe ich auf einen Zweitnamen."

„… und wenn es doch ein Junge wird, dann…"

„Es wird kein Junge, so viel ist schon sicher."

„… dann – nur für alle Fälle – sollte er Egon heißen."

„Egon?"

„So hieß mein Großvater. Er kam unter schrecklichen Umständen ums Leben, während ich in Indonesien als Buschpilot arbeitete."

„Bei *Susi-Air*?"

„Woher weißt du davon, Ramona? Ich wollte nie darüber sprechen, weil ich mir heute noch Vorwürfe mache, dass ich nicht hier war, als mein Großvater mich brauchte."

„Wie hieß er? Ich meine den vollen Namen."

„Egon Walzmann."

Egon?

Egon!

Weitere Bücher von Jason Sante:

„Der Filmstar. Ein unsanfter Thriller!" (Roman)
Eine skurrile, völlig verrückte Geschichte. Durchgeknallt trifft Psychopath!
Was harmlos beginnt …
Eigentlich wollte er nur diesen verfluchten Arbeitsauftrag verhindern. Wie hätte er ahnen können, welch schreckliches Geheimnis er dadurch zutage fördert. Steine, die rollen, schlagen oftmals blutige Schneisen. Eine skurrile, völlig verrückte Geschichte.

Der impulsive und leicht durchgeknallte Föhr arbeitet bei einem Limousinen Service als Promi-Chauffeur. Als er den Auftrag erhält, den angesagten Filmstar Mickey King - der für eine Woche in Föhrs Heimatstadt absteigt - zu chauffieren, bekommt Föhr kalte Füße. King gilt als exzentrisch, narzisstisch und ist trotzdem ein Frauenschwarm. Gerade Blondinen haben es ihm angetan. Und Föhrs Freundin Sarah ist blond; zudem behauptet diese, Mickey Kings größter Fan zu sein.

Föhr verkleidet sich als Frau, um sich vor dem Hotel unter die wartenden Fans zu mischen. So hofft er, Mickey näher zu kommen, um diesen den Aufenthalt hier irgendwie zu vermiesen. Allerdings entdeckt er Sarah, die dort ebenfalls auf Mickeys Ankunft wartet; und dieser scheint sich auch noch für Föhrs Freundin zu interessieren. Nach und nach eskaliert die anfänglich so harmlose Situation, zumal Mickey King ein abscheuliches Geheimnis hütet.

„Grausames Spiel - A Game" (Roman)
Überraschend direkt. Sensibel trifft erbarmungslos.
Spannungsgeladener Thriller mit 88 knackigen Kapiteln ohne
Längen, dafür voller Rätsel und Wendungen.

Becci Minetti – eine offenherzige junge Frau, die um ihr gutes
Aussehen weiß – hat keinerlei Scheu, dieses auch in der
Öffentlichkeit zu präsentieren. Doch dann erreicht sie ein
mysteriöser Anruf, und sie wird augenscheinlich erpresst. Angeblich
soll Becci von ihrer Zeigelust geheilt werden. Zudem kommt ihre
Tochter nicht mehr von der Schule nach Hause. Der Kleinen
geschieht nichts, sagt der Unbekannte, wenn Becci sich auf ein
Spiel einlässt.
Der Mann zwingt sie, die kommende Nacht mit ihrer lesbischen
Nachbarin Anna zu verbringen, welche schon lange ein Auge auf
Becci geworfen hat. Am nächsten Tag eskaliert die Situation. Anna
rastet aus und die Grenze zwischen Leben und Tod wird erstmals
überschritten. Sehr zum Gefallen des Erpressers, der jetzt keinerlei
Skrupel mehr kennt und sein Spiel mit Becci bis zum Wahnsinn
treibt. Kann sie ihre Tochter retten?

***

„Alkohol ist ein Blender, aber der beste, den ich kenne (eigenständiger 1. Band)."
Meine vergangenen 24 Monate

Eine zweijährige Reise voller Hoffnung in drei Bänden – mit Erfolgen, herben Rückschlägen und einer Vielzahl an Erlebnissen. Meine wahre Geschichte. 1. Band (Februar 2012 – Februar 2013).
Vierundzwanzig Monate, die mir vielleicht das wahre Leben wieder schenkten. In dieser Zeit haben mich ähnliche Bücher begleitet und dabei sehr unterstützt. Vielleicht gelingt mir dies auch, Betroffenen dadurch zu helfen. Eine Geschichte von zahlreichen Entgiftungen und Therapiemaßnahmen – von Absturz, Einsicht und Kampf. Vollgepackt mit Erlebnissen, welche teils schockierend, teils rührend oder einfach nur zum Staunen waren. Und vom Teufel im Nacken, der niemals schläft. Es waren Monate, in denen es Rückfälle aus verschiedensten Anlässen gab. Ein steiniger, mühsamer Weg, den zu gehen es sich dennoch mehr als lohnt.

***

„Alkohol ist ein Blender, aber der beste, den ich kenne (eigenständiger 2. Band)."
Meine vergangenen 24 Monate

Eine zweijährige Reise voller Hoffnung in drei Bänden – mit Erfolgen, herben Rückschlägen und einer Vielzahl an Erlebnissen. Meine wahre Geschichte. 2. Band (Februar 2013 – Oktober 2013).

Vom zweijährigen Kampf gegen die Sucht, dem Traum vom Schreiben und anderen Widrigkeiten. Meine Reise geht weiter, der Kampf endet nie. Während dieser Monate lernte ich mehr über meine Krankheit, als mir derzeit bewusst war. Zudem stellte ich in 2013 wahre Entgiftungsrekorde auf. Auch Folgekrankheiten des anhaltenden Alkoholkonsums suchten mich während dieser Phase heim. Nur stehengeblieben bin ich zu keiner Zeit – selbst dann nicht, wenn alles hoffnungslos verloren schien.

***

**NEU: Der tote Vogel auf der Dachterrasse: ... oder, wie
Gutmensch Rüdiger zum Helden auserkoren wurde**

**Ein "irrer" Genremix aus Echtzeit Science Fiction, Thriller
und Komödie im Umfang einer Novelle. Seltsame Mischung,
doch so steht es geschrieben.**

Manche Katastrophen kündigen sich an, einige halten still.
Und in seltensten Fällen ist das Vorspiel einer Apokalypse derart
merkwürdig, wie in dieser Geschichte.
Rüdiger hätte nie damit gerechnet, dass ein toter Vogel, der
ausgerechnet auf seiner Dach-Terrasse landet, sein unbeschwertes
Leben verändern sollte.
War er doch Hausmeister aus Leidenschaft, und so gar kein Held.
Doch solch einer musste er nun werden, um die Menschheit zu
retten.
Denn nicht nur der tote Vogel war gelandet, dort oben, am höchsten
Punkt des Hochhauses.
Auch das Böse suchte von nun an den Planeten heim.

Weiter Bücher folgen!
Band 3 meiner Biografie erscheint Mitte 2016!!!

FSC
www.fsc.org

MIX

Papier aus ver-
antwortungsvollen
Quellen
Paper from
responsible sources

FSC® C105338